DE LA MÊME AUTRICE

Aux Éditions Gallimard

LA TRAJECTOIRE DE L'AIGLE, 2021.

LES AMIES, 2023.

LA MATINALE

NOLWENN LE BLEVENNEC

LA MATINALE

roman

nrf

GALLIMARD

À Claude

« Sein est donc le quart de la France ! »

Charles de Gaulle

« So (said the doctor). Now vee may perhaps to begin. Yes ? »

Philip Roth

L'éclairage de votre cabinet est bon. Avec ces murs très blancs, on distingue vos expressions comme dans un studio de télévision. On lit à travers vous. Là par exemple, je vois que vous avez du mal à me reconnaître. Vous vous demandez où est passée Léonore de Karadec. Où se cache la présentatrice vedette de la matinale. Sans maquillage, sans coiffure, les médicaments en plus, les records d'audience en moins, vous avez raison, je ne me ressemble plus. Je ne ressemble peut-être même plus à une personne susceptible de passer à l'antenne, à une heure de grande écoute. C'est le triste résultat de deux mois dans cette clinique et de quatre mois sans existence cathodique.

Je vois maintenant vos yeux se remplir d'autres questions, plus vastes, ce qui n'est pas rassurant : un psychiatre est supposé apporter des réponses. Moi, pour décrire ce qui m'a conduite ici, sur cette chaise métallique en face de vous, dans cet hospice de Fontainebleau, je parle de naufrage, je dis, ma personnalité a fait naufrage. Je trouve ça juste, mais j'admets que c'est aussi ésotérique, trop romantique, insuffisant. La justice demande des mots précis, répertoriés. Décompensation, burn-out, fugue, délire ? Les tribunaux comptent sur vous, moi aussi. Alors, ouvrez vos oreilles.

Pardon, j'arrête avec les ordres.

1

Symptômes

Avant d'être un fait divers, ma vie était normale. La première dissonance remonte à l'été 2021, quand, en pleine période d'exaltation, j'ai quitté le père de mes fils. Cela fait un an pile, j'avais 40 ans. Quand j'ai rompu, Marcus était assis dans le fauteuil club du salon. Avant de s'asseoir, il avait mis *Blood on the Tracks* de Dylan dont j'ai attendu la fin pour ne pas créer d'association mentale entre l'album et la rupture, même si j'ai constaté, depuis, que cela n'avait pas marché. En attendant la dernière note, je frottais mes pieds sur le kilim marron et jaune. À la fin de « Buckets of rain », je me suis levée, j'ai vidé la bouteille de sauvignon dans son verre ballon et j'ai dit : « Quand tu parles, je ne suis jamais surprise. Cela ne provoque pas d'activité cognitive. Quand il n'y aura plus de sexe du tout, il n'y aura plus rien, alors je te quitte. »

Au poids de ma voix, Marcus a compris que la décision était prise. Sa mâchoire s'est contractée, de cette colère dense qui ne s'exprime que dans les maxillaires. Puis son corps a entamé une lente descente entre le siège et le dos du fauteuil. Aspiré par le bas, Marcus Kraus. Le cuir avalait ses cheveux aux épaules, ses yeux émeraude, sa barbe de trois jours et ses slips français à 80 balles. Le gars bien élevé, volubile, passionné par la politique s'enfonçait dans un meuble de brocante qui semblait n'avoir attendu que ça, manger un corps humain pour retrouver son éclat. Je me souviens d'avoir été sans cœur au point de regarder ma montre plusieurs fois. La rupture amoureuse consiste à euphémiser le désamour, et à partir quand même. Ce soir-là, j'ai hurlé « Je t'aime pour toujours » tout en confirmant mon départ pour le lendemain.

Par lâcheté, je n'ai pas avoué à Marcus que tout ce qui m'avait fait rire jusque-là me crispait. Je ne lui ai pas dit que je ne supportais plus ses suggestions-vérité, vous voyez ces suggestions assénées comme des vérités. « Avec ta permission… Tu devrais arrêter les écrans avant de dormir. » Son métier qui consiste à faire de l'argent avec de l'argent. Ses ajouts de voyelles (*biiiooo* au lieu de *bio*), sa manière de remonter ses bras de chemise, de humer son café en fronçant les sourcils et, de façon plus générale, ses vices bourgeois et modérés. Trois clopes et deux verres de vin rouge par jour.

Ton monde sensible est étroit, je n'ai pas dit. Tu n'es pas fou, brisé, désirant. Tu n'es pris d'aucune terreur avant de t'endormir. Tu t'allonges, tu fermes les yeux et tu dors, Marcus, c'est aussi simple que ça. C'est peut-être parce que tu as grandi à l'air frais du parc Monceau. Tu ne te demandes pas si tu as réussi ou raté les interactions sociales de ta journée. Tu ne repenses jamais aux phrases, les tiennes et celles qu'on t'a dites. Si je te dis : « Cette fille m'a parlé de cette manière, tu ne trouves pas ça bizarre ? » tu vas me répondre : « Bah non, pourquoi ? », me donnant à moi l'impression d'être dingue. Au début, je t'aimais pour cette absence de gouffre. Je te ressemblais. J'aimais notre vie, aussi, dîner entre deux ministres. À l'apéritif, tu racontais ta plaidoirie à la conférence Berryer, qui avait fait se lever l'amphithéâtre, et, chaque fois, tout le monde t'applaudissait en pensée.

Je n'ai pas dit non plus que je m'ennuyais depuis la naissance des enfants. Ou que l'ironie tendre avait quitté le regard que je portais sur lui. J'ai gardé tous ces reproches et la formule qui roulait sur ma langue : *Tu traverses la vie, mais la vie ne te traverse pas.*

Lui, pour y revenir, c'était son cabinet de la rue Miromesnil et ses lourdes charges, deux parents qui s'embrassent à pleine bouche, trois frères, son vélo de course Cannondale, sa console et son jeu Fifa, sa passion pour la burrata, la piscine des Halles, sa carte d'abonnement au musée du Louvre. Sa bande d'amis rencontrés au lycée Carnot, pas tous intelligents, mais tous devenus riches. Sa pile d'essais politiques issus du top 20 des ventes de la Fnac. Un faible pour les montres sportives et le magazine week-end des *Échos*. Une répartie parisienne, urbaine et rapide. « Veridis Quo » de Daft Punk pour le footing du dimanche. Une manière, au restaurant, de ne jamais lâcher sur le dessert alors qu'il sait que je dois impérativement dormir.

Je lui dis :

— C'est obligé, le dessert ? T'as des parts dans le restaurant ?

— Non, mais j'ai envie de finir sur un goût sucré.

— Le sucre du déca ne pourrait pas faire l'affaire ?

— T'es chiante, Léo. Si tu supportes plus tes horaires de boulot, démissionne. Rien ne t'empêche de retrouver une vie normale. On peut vivre sur mon salaire.

— C'est mon travail et j'en ai pas d'autre.

— C'est mon île flottante et j'en ai pas d'autre. Quand je t'ai connue, tu adorais les îles flottantes.

— Ta philosophie de vie, entrée, plat, dessert, me déprime.

— Comme un mec qui serait heureux, tu veux dire ?

Tous les étés, on allait en Italie chez sa tante qu'il détesterait que je nomme ici. À l'autre psy, je ne l'aurais pas dit, mais à vous, on verra. On parle ici d'une grande actrice blonde. Une star qui possédait une ferme en pierre au sommet d'une crique cernée de pins, sur la côte napolitaine. Au début de notre histoire, j'étais tombée amoureuse du lieu, de ses coussins géants, de ses Poliakoff aux murs, de ses vieilles assiettes à fleurs rouges et de la vue de notre chambre. Quand j'étais allongée sur le lit, la mer turquoise remplissait la moitié de la fenêtre. Tous les matins, je disais pour rire : « J'aime cette maison plus que toi. »

Au volant de la 4L, Marcus portait une chemise en lin ouverte et des espadrilles, tandis que sur la terrasse en pierre de cette ferme perchée dans le ciel, je marchais avec un carré Hermès dans les cheveux et des sabots en bois livrés de Suède par Amazon. À cause des incendies, nos photos avaient des teintes orangées, mais à l'époque, j'admets que cela ne m'inquiétait pas. Là-bas, j'achetais des sandales avec des lanières en cuir, des boucles d'oreilles en cuivre, de la confiture d'olive, des sachets de lavande et de la crème solaire au citron. J'en badigeonnais mes mains et mon décolleté tous les quarts d'heure, comme ma mère, dermatologue, m'avait appris à le faire.

Je caricature à peine.

À la fin de l'été, devant le stand de macarons d'Orly, nous nous serrions dans les bras, Marcus et moi, et nous disions « à l'année prochaine », à moitié sérieusement. Nous savions que la suite serait consacrée au travail. On ne se verrait que le samedi soir, parce que le samedi soir, on irait à la Comédie-Française voir jouer Denis Podalydès. Mais Denis Podalydès, à un moment, mieux vaut crever sur du carrelage de salle de bains. C'est un soir Podalydès, devant un petit sandwich d'entracte au St Môret que j'ai pris la décision de le quitter.

Cette décision est restée coincée en moi des semaines, jusqu'à ce que mon amie Vanessa, journaliste à TF1, m'annonce une mission d'un an aux États-Unis pour couvrir l'actualité de la Maison-Blanche. On dînait dans un hôtel particulier avec jardin de la butte Montmartre, une table sous la verrière. Malgré la lumière tamisée, je voyais qu'elle avait fait des injections dans les pommettes. Elle a levé son verre parce qu'elle s'attendait à ce que je dise « félicitations », mais j'ai dit « garde-moi ton appart ». Elle a levé un sourcil. Nos voisins, qui m'avaient reconnue, ont tendu l'oreille. J'ai passé le reste du dîner à chuchoter la fin de mon couple. Je ne sais pas si Vanessa a aussi fait des injections dans les oreilles, mais elles sont bioniques et n'ont rien perdu du récit de mon désamour. Trois mois plus tard, elle s'est envolée pour Washington et Marcus a été digéré par son fauteuil club.

L'autre psy, votre collègue au bras cassé, considérait que cette séparation était l'erreur originelle, la seule qui compte, celle qui m'a fait échouer ici et me conduira peut-être en prison. Mais de quelle autorité intellectuelle jouit-on avec un bras cassé ? Je suis contente que vous l'ayez remplacé. Je ne l'aimais pas. Il jouait à *Candy Crush* derrière ma tête et il était subjugué par le CV de mon ex-mari. « Vous ne lui avez laissé aucune chance », disait-il en aspirant un peu d'air entre chaque mot. « Votre départ du foyer marque le début d'une phase maniaque. » Ah bon ? Ce vieux croûton me faisait passer pour une timbrée alors que j'ai beau avoir dévissé, je reste une journaliste qui a compté, et qui peut en dire autant dans cet asile de fous ? La rupture avec mon mari n'a pas à elle seule précipité le naufrage de ma personnalité. Il y a eu d'autres causes.

Un samedi matin de juillet 2021, j'ai donc quitté l'appartement familial. On m'a vue traîner une valise à roulettes le long de la rue Ramey, qui monte salement. Je transpirais sous la grosse doudoune Schott rouge qui n'entrait pas dans ma valise. Les clés de mon nouvel appartement, métro Barbès, bombaient ma poche de jean. À mi-parcours, ça n'a plus été tenable, j'ai retiré la doudoune. Je l'ai enroulée à ma taille en regardant le sommet de la Butte. Une décharge de peur a irrigué ma nuque. Mon ancienne vie pouvait-elle me rattraper ici, devant l'épicerie *biiiooo* ? Pourquoi n'étais-je pas loin d'acheter des topinambours et de rebrousser chemin ? Au milieu du village Ramey, Marcus m'apparaissait soudain comme un partenaire idéal. Je n'étais plus amoureuse, mais lui et moi formions une *team parentale*, et franchement, que demande le peuple ?

En le quittant, je renonçais à l'amour quadrilatéral des familles de quatre personnes. J'ai refait le nœud de ma doudoune, très fort, au point de comprimer mon ventre, tout en sachant que ça ne suffirait pas. Les doudounes ont un lien d'attachement évitant, c'est comme ça. J'ai repris la marche en secouant la tête à la pensée de ce retour à la maison. *Non, ce n'est pas le moment d'être lâche, Léo.* J'ai visé le Sacré-Cœur. J'ai dépassé un bébé qui hurlait parce qu'il voulait toucher un énorme chien mouillé. Mes deux bras tendus, contractés, veinés, tiraient la valise remplie de mes vêtements de première nécessité. Bientôt il n'y aurait plus de bébés dans la rue. Je quittais le quartier Jules-Joffrin, dit « Jules-Jo », havre des familles bobos. Je suis arrivée au sommet de la rue Ramey et j'ai dévalé la rue Christiani jusqu'à Barbès. Mon nouveau quartier était brouillon, bruyant, en adéquation avec mon état intérieur. Les cartes Sim remplaçaient les topinambours.

[PAUSE]

Pour inaugurer ma vie de célibataire, j'ai dévalisé le restaurant chinois qui deviendrait bientôt mon QG. J'ai pris l'ascenseur avec ma grosse valise, la doudoune sous le bras et le petit sac plastique rempli de barquettes. Au septième étage de l'immeuble moderne jouxtant les rails du métro aérien, j'ai ouvert la porte de l'appartement. Vanessa n'avait laissé que ses gros meubles. Le lit, la table, le canapé, un buffet scandinave. Avant toute chose, je me suis posée sur le canapé et j'ai gobé les raviolis aux crevettes à même la barquette. Puis, dans ma nouvelle chambre, j'ai rangé mes affaires dans l'armoire de Vanessa tandis que Marcus faisait certainement les cent pas dans le six-pièces moulures offert par ses parents, métro Jules-Joffrin, où nos enfants avaient été conçus et où l'ennui s'était levé comme le soleil.

J'ai plié mes pulls en l'imaginant déplacer l'horrible bureau hérité de son grand-père au milieu du salon. J'étais persuadée que, stylistiquement, notre appartement ne se remettrait pas de mon départ. Vidées de mes livres, les bibliothèques en bois laqué carmin du salon se retrouveraient à découvert, dans toute l'étendue de leur mocheté de bois rouge.

On ne verrait plus qu'une chose : son triptyque acheté dans une galerie du Marais (un coucher de soleil, que j'avais aimé avant que je n'entende Marcus commenter une fois de trop le ciel qui s'enflamme et l'on est bien peu de chose, on pense au *Cri* de Munch).

Les premiers temps de la séparation s'appellent la joie. Je vous l'ai dit, je réitère, je l'affirmais en tout cas, j'allais bien.

Je vivais enfin entourée de meubles dont le bois ressemblait à celui des forêts. Rêche, brut, du vrai bois. Dans mon nouvel appartement, à Barbès, la pièce principale avait des fenêtres en forme de hublot disposées sur le mur comme un calendrier de l'Avent. Certaines s'ouvraient sur le Sacré-Cœur, d'autres sur le cinéma Louxor, d'autres enfin sur le ciel. Vanessa m'avait donné le nom de l'architecte, mais j'avais oublié. L'espace était aussi blanc et froid que les couloirs de cette clinique, mais je l'ai vite rempli de couleurs. J'ai accroché des affiches de Joan Mitchell, restées enroulées vingt ans, dans différents appartements, depuis leur achat à Beaubourg quand j'étais étudiante. Je ne dis pas encore quand j'étais jeune, mais j'y suis presque.

Dans ma chambre, une baie vitrée s'étalait sur toute la longueur d'un mur. Le soleil évoluait à l'intérieur comme une barre de téléchargement. À 16 heures, il l'occupait entièrement. Une cabine UV si on s'allongeait par terre. À côté de mon lit, j'ai fabriqué des piles de romans – avant la séparation, je m'étais remise à en lire. Ils formaient des tours de tailles différentes. Sur chacune, j'avais posé un objet. Un tube de crème, un cadre photo, une boule à neige avec un micro de journaliste à l'intérieur, les vieilles Ray-Ban de mon père. Marcus aurait appelé ça *ton bordel de fille unique*. Mais non. C'était la place naturelle de mes objets.

Mis à part la deuxième chambre, celle de mes garçons, toutes les pièces m'appartenaient de plein droit. Je circulais de l'une à l'autre comme une vipère glisse dans un trou à sa taille. Où que je regarde, il n'y avait que mes affaires. C'est un repos de tout reconnaître. Le premier jour, il a fallu que j'apprenne le code. B32865. Facile. B comme Brune, comme Lio, ma jumelle de visage, 32 comme l'âge que j'aurais voulu avoir pour toujours, 865 comme le décompte d'un type phobique du chiffre 7.

Le célibat signait le retour des possibles, du désordre, du libre arbitre, du rap américain pour faire la vaisselle. La fin du jugement sur les petites décisions de la journée.

Par exemple, mettre des lasagnes surgelées au micro-ondes, un dimanche à 11 heures. Pourquoi avoir à se justifier de ça ? C'est ce que le couple nous fait. Je revois la tête de Marcus, juste sa tête, surgir dans l'encadrement de la cuisine : « Pourquoi tu ne fais pas plutôt des épinards, on a le temps, il est encore tôt, non ? C'est quand même un peu dégueulasse les surgelés. » À Barbès, j'avais semé la brigade anti-surgelés. Squeezé l'homme élevé aux feuilles de brick d'une nounou tunisienne. « Va te raser la barbe, c'est trop long », lui disais-je pour qu'il aille s'occuper ailleurs. Mais il restait là, devant la cuisine, à me regarder. *Va-t-elle faire les épinards comme je l'ai proposé ?* Eh non, mon Marco, pas la peine d'attendre, mon canard, tu as de beaux yeux, c'est vrai, mais je ne t'obéirai pas. À la place j'appuyais toutes les trente secondes sur le bouton *Start* du micro-ondes parce que avec la notice égarée s'était aussi égaré le bon usage de cette machine. Objectif : mes lasagnes au fromage liquide. Désormais, je mangeais du poulet tikka le matin, si je le voulais, et de la purée de petits pois la nuit, si je le voulais.

Peut-être avez-vous raison de vous méfier de ce bonheur égoïste. Et peut-être que le deuil de ma relation avec Marcus était littéralement en suspens. Ma tristesse, stockée dans une consigne céleste, au-dessus de l'endroit où nous nous étions rencontrés, rue Saint-Guillaume, à Paris. En sortant de Sciences Po, j'avais fait tomber un livre de mon père, un médecin qui passe à la télé et écrit des best-sellers sur le bien-être. Marcus m'avait tendu le livre, en disant : « Attention, tu vas tuer ton père. » J'avais ri : « Et sans me ruiner chez un psy, en plus ! »

Ce n'est pas contre vous que je dis ça. Vous, vous ne coûtez rien.

Marcus savait qui j'étais et moi, j'avais tout de suite eu envie de passer ma main dans ses cheveux. J'avais proposé qu'on aille boire un café allongé. Il avait souri à cause du mot *allongé*. Après ça, on ne s'était plus quittés jusqu'à ce qu'il se fasse avaler par du cuir à l'été 2021.

En septembre, la nouveauté était que je réglais mon réveil à 2 heures du matin sans avoir à supporter la désapprobation de Marcus (lui, debout devant notre lit, en tee-shirt blanc et pantalon à rayures, qui soupire trois fois, pour souligner l'incompatibilité de mon métier avec le pacte familial). Désormais, la maison s'éteignait avec moi à 20 h 30. La chanson élue pour me réveiller était « How deep is your love » des Bee Gees. Le *Aaaaaah* s'élevait dans ma chambre comme une promesse de liberté. Aux premiers mots de la chanson, *« I know your eyes in the morning sun »*, j'ouvrais les yeux. Allongée au ras du sol, je me demandais comment j'avais pu louper le retour des futons.

À Barbès, je pouvais traîner au lit sans prendre le risque de me faire crier dessus par Marcus, « sors de la chambre, c'est la nuit, tu me tues ! ». Je lançais Instagram et perdais douze minutes de ma vie à commérer avec moi-même. Je *stalkais* le compte de mon petit copain du collège dont la mère préparait des roulés chocolat-framboise. Un mercredi après-midi des années 90, après une orgie de ces roulés et un rapport sexuel moyen, il s'était levé pour écrire un mot à son cousin qui habitait une chambre de bonne au-dessus de chez ses parents. Il n'y avait pas de portable à l'époque. Au premier mot, il avait hésité. Fallait-il mettre un *s* ou non à Charles, le prénom du cousin ?

Un écran blanc était descendu derrière mes yeux. Je n'étais pas sûre, mais en tant que première de la classe, je ne pouvais pas ne pas savoir. Il était beau, j'étais douée. Si je ne savais pas ça, nous n'avions plus rien à faire ensemble. J'avais dit : « Évidemment qu'il y a un *s*. » (Et il n'y a pas de *e* à Royal dans Ségolène Royal, doute qui, des années plus tard, m'avait fait perdre trente minutes au concours de Sciences Po, à frénétiquement mettre et retirer ces *e*, examen que j'avais finalement réussi, miracle, mais qui m'avait ôté toute confiance en mes capacités écrites, je n'avais pas choisi la télé par hasard.)

Le garçon à la gueule d'ange était devenu influenceur châteaux, ce qui est une possibilité quand on en a un. Il portait des chemises en soie. Des *reels* les montraient, lui et sa petite amie, en train d'arracher, sur deux échelles parallèles, la vigne des façades. Je me demandais si ses robes courtes étaient une stratégie pour gagner des abonnés. Tous deux fumaient clope sur clope, ce qui jurait avec leur bonheur affiché. Sur une vidéo, on distinguait des bleus sur la cuisse de la fille. J'en avais compté trois, en zoomant sur l'image. Ce garçon m'avait fait du mal, mais sans laisser de traces. Jour après jour, je sentais se créer un attachement pour cette fille aux longues jambes comme pour un personnage de fiction. *À quoi ressemblait leur vraie vie dans ce château isolé ? Cette gamine vivait-elle un rêve ou un cauchemar ? Était-elle en danger ?*

À 2 h 18, la deuxième alarme, plus traditionnelle, un *bip, bip, bip*, mettait fin à mon Cluedo numérique. Je roulais sur le côté et me récupérais sur les genoux, une façon montagnarde de sortir du lit qui date de mon enfance, amusait Marcus au début de notre histoire et avait fini par l'agacer. « T'es pas un panda, Léonore », disait-il avant de me tourner le dos pour se rendormir. *Qu'est-ce que t'en sais ?* Depuis que je vivais seule, je me brossais aussi les dents sous la douche, et, en observant la mousse rouler dans mon cou, j'aimais penser à l'arrêt cardiaque que Marcus Kraus-Parfait aurait eu s'il m'avait surprise comme ça, à l'époque, debout dans la douche, le cou blanchi de Colgate. La pâte qui mange mon menton et sinue entre mes seins, traçant un chemin jusqu'au ventre. Le dégoût irrémédiable : *Oui mec, t'as épousé un tube de dentifrice.*

[SILENCE]

Ça y est, vous me détestez, je le sens.

Vous me prenez pour un monstre d'égoïsme, n'est-ce pas ?

Vous ne répondez pas.

Bon, ça va être long, nous deux.

Tout à coup, j'ai l'impression que vous êtes comme votre ami le bras cassé de la psychologie. Vous aussi, vous jouez à *Candy Crush* ? Haha, non, je rigole, mais vos silences me font culpabiliser. Comprenez, j'ai pas l'air comme ça, mais je suis du genre à culpabiliser quand je fais tomber une miette de pain par terre dans une station-service. Vous ne voulez pas me rassurer ? Dire que j'ai raison sur tout ?

Après la rupture, Marcus pensait comme vous que j'étais une plaie égocentrique. Au milieu de l'été 2021, alors qu'on s'échangeait les enfants devant le manège de Jules-Joffrin, histoire de faire la conversation, j'avais dit :

— Ah, mais je t'ai pas raconté qu'on avait pensé à moi pour interviewer Macron le 14 juillet ? J'étais encore dans la short-list en juin. Ça s'est joué à rien.

— C'était avant qu'on se sépare et tu ne m'as rien dit ?

(Je ne savais pas s'il était fâché.)

— Ah ouais, bizarre ça, j'ai dû oublier.

— Tu as atteint un degré d'autocentrage inégalé.

(Il était fâché.)

— Comment tu peux dire ça alors que j'ai justement oublié de te raconter un truc qui m'arrivait ?

— Tu as atteint le stade de l'autocentrage sans témoin. Le moment où tu te kiffes tellement que t'as plus besoin d'en parler à personne.

C'est vrai que je me kiffais.

L'été de la séparation, je me sentais plus désirable que jamais, mais j'imagine qu'on y reviendra, en bon freudien que vous êtes. J'étais pas très grande, mais jolie. Avec un carré noir, une mèche très blanche, une frange, une grande bouche, un philtrum mitterrandien, une peau de bébé et une petite cicatrice rouge en forme d'étoile sous l'œil droit à cause d'une chute sur une table basse, petite fille. Mes cheveux étaient soyeux, ils ne pouvaient pas, comme c'est le cas aujourd'hui, servir de râpe à fromage.

Cet été-là, j'allais à vélo électrique voir mes amies avec « Anytime you need a friend » de Mariah Carey dans les oreilles. Tout à coup, j'avais du temps pour elles. Grâce à l'électricité, je descendais le boulevard Magenta en un coup de pédale. Ma quarantaine s'annonçait fabuleuse. J'étais enfin sortie de ma version bêta. Je vivais seule. Je savais me faire jouir en cinq minutes et annuler un dîner en disant simplement « désolée, je suis crevée ». Je repérais les cons qui s'assombrissent parce qu'une table de restaurant réservée n'est pas prête à temps. Je pensais que la garde partagée était une belle organisation. Le beurre et l'argent du beurre, comme on dit en Bretagne.

Que des enfants s'en aillent trois jours, deux nuits, et qu'ils vous reviennent vivants, heureux, inchangés, est un miracle.

[SILENCE]

C'est un mois après la rentrée scolaire, en octobre 2021, que la culpabilité m'est arrivée par bouffées. Dans la cuisine, le couloir, au milieu de l'entrée de Barbès, cela m'arrivait d'un coup que je me voie de haut, en contre-plongée : une petite fille jouant à la dînette, indifférente aux autres, une petite fille qui chantonne et qui s'occupe de son seul plaisir de petite fille. *Moi. Ma dînette. Ma vie. Mon confort. Mes audiences télé.* Celles que je partageais sur Instagram, des parts de marché incrustées sur des photos de moi à l'antenne.

Puis cela m'arrivait que cette haine de moi se prolonge, se réinvente, m'étonne autant qu'un être à part entière, mute sans égards. Alors, je ne me voyais plus comme une enfant avec ses assiettes miniatures et ses trophées en plastique, mais comme un gros caillou en forme de scie planté au fond de l'océan. En quittant la maison, j'avais l'impression d'avoir fissuré mes garçons comme un rocher sous-marin fissure deux petites barques. Je m'en voulais d'être un rocher destructeur plutôt qu'une barque moi aussi. Je m'en voulais de ne pas avoir supporté la conjugalité (qui n'était pas, comme je l'avais pensé plus jeune, une histoire d'amour prolongée, mais une chute prolongée d'excitation). Je regrettais d'avoir planté ma fourche de Neptune dans l'appartement haussmannien, les déjeuners à la brasserie Nord Sud et le marché de la rue du Poteau.

J'étais aussi harcelée par le souvenir du ventre de mon mari. Comme je n'ai fait que critiquer Marcus Kraus, vous ne pouvez pas savoir qu'il était pourvu, grâce à son amour des desserts, d'un ventre bouleversant. Il m'est arrivé d'en pleurer. Son complexe était ma passion. Mon fétichisme avait grandi au fur et à mesure qu'une colline de chair avait poussé sous son nombril. Et ce morceau de lui était rentré tant de fois, la nuit, dans mon dos, qu'il avait fini par devenir la nouvelle frontière arrière de mon corps. Moi face à lui, c'était encore mieux. Cela donnait : le ventre le mien versus le ventre le sien. Soit une sensation formidable. Quand j'en parlais, les gens rigolaient et je rigolais aussi, mais ce n'est pas drôle que ce ventre ait été pour moi une extase parmi celles qui auront compté, et un tel manque par la suite.

Imaginez-vous vivre avec un homme qui a le corps d'une femme dodue peinte par Ingres et qui passerait son temps à danser avec les draps. Une brioche tiède avec des bras et des jambes, souffrant de dépendance affective. Ce ventre était toujours chaud, comme si la chaleur du monde passait son temps à le chercher et à le trouver. Sa texture n'avait pas été loin de me retenir pour la vie comme le roulé chocolat-framboise de la mère de mon premier copain m'avait retenue un trimestre de trop.

En octobre, j'ai aussi commencé à jouer à *Imagine Marcus*, j'imaginais que je vivais encore avec mon mari. Je prenais une scène de la vie quotidienne. Par exemple, une nuit, j'avais découpé les pieds de mon collant pour ne plus être gênée par un trou au gros orteil. Marcus me découvrait par terre, dans l'entrée, livrée à cet exercice. Les ciseaux en l'air, le collant étalé devant moi. Je me faisais nos dialogues passifs-agressifs :

— Ce serait pas plus simple de racheter une paire ?

— Pas spécialement, non.

— On n'est pas en Asie, ici. Il y a des heures de travail légales.

— Mon talent s'évapore au lever du jour.

— Il est 3 heures du matin, merde, Léonore, merde. Tu dérègles mon sommeil.

— C'est une souffrance que tous les doigts de pied soient abrités sauf un, la souffrance de la totalité des choses moins une. Tu connais ?

— (Sourire.) Oui. Tu me tues.

Il est évident que cela me manquait. Ses griefs contre mon boulot, notre amour vache, et ses blagues, au réveil, le dimanche.

— Monsieur et Madame Si-je-maigris ont une fille, comment s'appelle-t-elle ?

— Tu me saoules.

— Non ! Samira Si je-maigris.

— N'oublie pas de demander la table principale à l'Ehpad.

— Seulement s'il y a une place pour toi.

Bref, le manque de mon mari commençait à se faire sentir. Quelque chose de triste gonflait dans ma gorge. Ma nouvelle chambre ne sentait que mon odeur, et ce parfum homogène avait quelque chose d'inquiétant dans ce qu'il suggérait d'intense solitude. Il faisait froid sans Marcus. Mais je mettais ça sur le compte de l'habitude et je maintenais que cette rupture me rendait heureuse.

Je n'étais pas encore désespérée. À mes amies, je disais : « Ahlala, je revis. »

[PAUSE]

En octobre 2021, l'année scolaire avait repris. Une nouvelle routine s'était installée avec les enfants, mais attendez une seconde, si vous le permettez, je vais boire un peu d'eau. J'ai le droit de faire ça dans le cadre analytique ? Vous ne le prenez pas contre vous, si ? Haha. Est-ce que ça ne serait pas ce qu'on appelle un *acting out* ? On va dire que j'ai le droit de boire et d'aller aux toilettes, d'accord ? Voilà, pardon.

Les semaines avec enfants, l'appartement était vivant au sens où des canettes et des BD colonisaient le salon. J'aimais ces semaines-là, mais je prenais aussi la mesure de ce que j'avais fait. Depuis la séparation, mes fils préféraient leur père. Je le voyais à la brutalité avec laquelle ils lâchaient leurs sacs à dos dans l'entrée. J'étais l'insatisfaite, celle qui avait tout détruit. J'avais âprement négocié avec Marcus qu'ils dorment à Barbès alors même que j'étais absente à leur réveil. Ils n'avaient pas osé protester. *Et donc, ça servait à quoi ? Pourquoi ne pouvaient-ils pas simplement dîner chez moi et retourner dormir dans l'appartement en étoile de Jules-Joffrin ? C'était pour ne pas être seule, pour me déculpabiliser ?*

Un soir, je leur avais expliqué que les sentir près de moi m'était nécessaire. « Pourquoi ? » « Parce que la biologie. »

Après mon deuxième réveil, j'allais les voir avec deux Krisprolls dans la bouche comme deux mini-défenses d'éléphant. Je marchais dans leur chambre, je m'arrêtais près du lit superposé. Loup, l'aîné, réalisait des saltos arrière sur son matelas et le petit, Merlin, dormait comme une enclume. À l'école, logiquement, l'un avait du mal à se concentrer, l'autre à se déconcentrer. L'un était absorbé par le monde social, l'autre par le monde physique. Il ordonnait les villes de France, de la plus petite à la plus grande. Le *Guinness des records* était son troisième parent. Tandis que Loup, responsable de l'ambiance familiale, avait décroché deux posters de footballeurs de leur chambre du bas de la butte Montmartre, les avait soigneusement pliés et les avait fixés au-dessus de son lit, celui du haut, à Barbès. Quand je croisais les yeux vides de Kylian, dans le noir, je pensais aux tristes gestes d'un mercato nommé divorce.

Des cahiers ouverts, des gâteaux entamés dans les toilettes, une chaussure dans mon lit, les semaines sans eux, l'appartement donnait l'impression d'avoir été quitté en catastrophe. Je devenais un ramasse-trucs affectivement isolé. Ces semaines-là, Ricardo et Paulette étaient mes bouées sociales, mes seuls amis.

À 2 h 20, j'ouvrais le volet automatique pour adoucir le noir de ma chambre. Dans la cuisine, je me fabriquais deux sandwichs Harrys qui mettaient fin à mes remontées acides de matinalière. J'en mangeais un salé, puis un sucré. Avocat. Chocolat à la pointe de sel. J'avalais deux cafés en deux gorgées. Après ça, je poursuivais en pilote automatique jusqu'à la salle de bains, où m'attendait le miroir de maquillage entouré d'ampoules, celui qu'on trouve en coulisse de toutes les télés du monde. J'y retrouvais mon visage qui, sans être effrayant, ressemblait de plus en plus aux feuilles froissées de mon sac. Ces ampoules diaboliques faisaient de moi un tableau réaliste. Titre : *Poils, pores et plis.* Je réveillais mes muscles faciaux en formant des O avec la bouche, j'imitais la carpe qui cherche de la nourriture, comme je l'avais vu faire sur une vidéo YouTube taguée « yoga du visage ». Je contemplais mon tout nouveau mélasma. Vous connaissez ? Ce sont des taches de rousseur en forme de pays, des taches brunes qui semblent avoir débordé après des pluies diluviennes, à croire que ma peau avait voulu provoquer ma mère, autrefois dermato, qui ne me regarderait plus qu'en fronçant les sourcils. L'une des taches, sur le front, avait une forme de cœur, ce qui me consacrait reine des Bisounours.

À 2 h 30, je glissais dans un bain brûlant. J'ajoutais de l'eau avec mes pieds et je tournais ma mèche blanche entre mes doigts. Dix minutes plus tard, dans l'entrée, j'avalais le troisième café baptisé « le café de trop » par les matinaliers. J'attrapais le cabas Vuitton que Marcus m'avait offert pour mes 40 ans, six mois avant notre séparation, selon la loi du dernier cadeau inutile. À 2 h 43, je tirais doucement la porte d'entrée. Je dégringolais l'escalier de l'immeuble, jetais un coup d'œil à mon reflet dans le miroir du hall, *héroïne de l'information, va,* j'ouvrais la porte arrière d'une Audi aux vitres teintées dans laquelle je montais, les fesses en premier.

Mon ami Ricardo était un Sicilien hirsute dont les mains surdimensionnées transformaient le volant en petit cerceau. Il m'attendait sur le boulevard Barbès, depuis environ treize minutes. « Ciao Léonora. »

Vétéran des taxis G7, à un an de la retraite et du grand retour, Ricardo ne travaillait plus qu'aux heures sans embouteillage : l'impatience dit la vieillesse. À mon entrée dans la voiture, il baissait le son de Laura Pausini, le seul disque qu'il possédait. « On parle ou on dort ce matin, Léonora ? » Les matins où l'on parlait, je prenais des photos de lampadaires (traînées de lumière) tout en critiquant avec lui les trottinettes électriques et Anne Hidalgo. Il me décrivait sa vie future. Sa femme, Sandra, ferait du tai-chi dans le jardin en pente douce de leur maison sicilienne toute neuve, construite avec trente ans d'économies. Elle offrait une vue sur la mer, mais était séparée d'elle par quelques routes en lacet, si j'avais bien compris. « Les couchers de soleil seront aussi fuchsia que l'avenue Magenta est grise », disais-je, et Ricco hochait la tête de bon cœur.

Les mauvais matins, je disais « non, on parle pas », il remontait le son et Laura remplissait l'habitacle. *Marco se n'è andato e non ritorna più.* Cela ne me gênait pas. C'était notre passagère amoureuse.

Au niveau de la place de la République, Ricardo ralentissait imperceptiblement devant les locaux d'une fondation pour le climat où travaillaient ses filles. Il voulait dire quelque chose parce qu'il en était outrageusement fier. Il chuchotait : « Elles se battent pour nous tous. » À l'époque, je trouvais encore qu'on en faisait trop sur le changement climatique alors qu'il y avait aussi, dans le monde, des dictatures, des guerres et des famines. Si on suivait le raisonnement des écologistes, un seul geste individuel avait du sens : se suicider. D'ici là, on n'allait pas dormir dans du compost et arrêter l'avion, si ? J'imaginais les jumelles de Ricco comme celles de Diane Arbus, avec des serre-tête de fleurs séchées dans les cheveux. Elles lançaient des graviers sur des jets au Bourget et de la soupe sur des Monet. Hystériques. Icônes de l'absurde. Vraiment, j'ai du mal à y croire aujourd'hui, mais je les trouvais ridicules. À Ricardo, je disais : « Quelle chance d'avoir des enfants engagés. »

À 3 h 12, Ricardo et moi nous saluions de loin, en levant nos pouces. Lui dans sa voiture, moi devant le bâtiment en forme de cube d'AZ Productions. Un geste tendre, devenu important. Un geste qui remplaçait tous les câlins qu'on ne me faisait plus. Puis je fouillais mon sac pour retrouver ma carte d'accès décorée d'une forêt alors qu'à AZ on s'en foutait clairement, des forêts. Elle était au fond, à droite, dans la doublure.

Ou à gauche, à l'intérieur d'un cahier.

Je badgeais.

Une fois dans les vestiaires, je choisissais mes habits d'antenne et changeais de chaussures. Mise en orbite, sur des talons aiguilles, je descendais doucement les dix marches qui séparaient le vestiaire du plateau. Ou, à cette heure-ci, sa version sous-marine, car le décor endormi était comme rempli de particules. De petites colonnes romaines, en carton-pâte, portaient l'obscurité, une civilisation engloutie dans la mer, et la grande table triangulaire de la matinale avait des allures de vaisseau fantôme. Les caméras en veille me regardaient comme des poissons fatigués. Des machines indispensables ronronnaient. Au-dessus de ma tête, les lettres en bulbes de lumière de *Bonne journée !*, le nom de la matinale, perdaient leur effet pop lorsqu'elles étaient éteintes. Le *j* ressemblait à un hameçon où pendre les morts de l'actualité.

Au bout d'un long couloir se trouvait l'espace cafétéria avec un bar en acajou bordé de tabourets. Des épaules nues musclées émergeaient du comptoir : c'étaient celles de Paulette, qui me souriait. Cette belle femme de 60 ans mélangeait le wax de son Sénégal natal et le cuir d'une usine de déstockage dont elle voulait souvent me donner l'adresse. À mon arrivée, son travail commençait. Je l'aimais parce qu'elle m'appelait ma chérie, mon doudou, mon trésor, ma chouchou, et me laissait stocker des pommes dans son frigidaire. J'aimais aussi qu'elle se foute royalement qu'on me les vole. Elle disait : « Désolée ma princesse, y en a plus, tu veux autre chose ? » *Mais c'étaient les miennes, Paulette !* Je n'avais pas le temps de me plaindre qu'elle mettait dans mes mains un paquet de mini-saucissons dont le gras restait toute la journée dans les dents.

« Cadeau », disait-elle.

Je lui prenais aussi trois bouteilles d'Évian pour faire passer les cafés du matin. Faire passer les cafés était devenu aussi vital que les boire. Il y avait les remontées acides nocturnes dont j'ai déjà parlé. Mais ensuite, mon estomac continuait de m'appeler à l'aide. Chaque boule de saucisson avalée était un attentat digestif. C'était de la non-assistance à moi-même en danger. Imaginez une femme miniature enfermée dans votre ventre. Imaginez maintenant qu'elle se mette à pincer vos muqueuses de toutes ses forces. Cette femme maniaque régnait sur mon organisme avec l'imprévisibilité de Britney Spears.

Pour me dire au revoir, Paulette faisait le V de la victoire avec ses doigts. J'adorais cet autre geste de tendresse. Voilà pour mes amis et leur amour. J'avais l'impression que le pouce de Ricardo et que le V de Paulette soutenaient mon moral de rentrée comme trois poutres.

À gauche du bar, un autre couloir distribuait trois salles de montage le long d'une moquette grise et bouillie. Trente mètres plus loin, le couloir se jetait dans une pièce ovale et basse de plafond avec une cabine téléphonique d'époque, au centre. La télé adore la déco vintage, c'est son côté adolescent perdu. Mon bureau était à gauche et celui d'Alexis à droite. Et peut-être que la clé de cette baisse de moral d'octobre est à chercher ici.

Je veux dire, à droite.

2

Libido

Alexis, si vous avez lu l'ordonnance de mise en accusation, vous voyez qui c'est ? C'est la victime, Alexis. Enfin, victime, on décidera de ça ensemble. Vous, bien sûr, vous pensez victime parce que vous le visualisez trempé, à moitié noyé, les vêtements déchirés, avec une main en moins. Mais on en est loin. À l'automne 2021, le voici encore sec et sûr de lui, star du journalisme, détenteur d'un doctorat d'histoire de la Sorbonne et propriétaire d'un appartement près des Tuileries dans lequel son accent sétois a fini par complètement s'égarer.

Il apparaît tard dans mon déroulé, n'est-ce pas ? Soyez franc, vous l'attendez depuis une heure. Alors prenez des notes, ce n'est plus le moment de dormir. Pardon, c'est l'émotion. J'avais dit que j'arrêtais avec les ordres.

Je ne peux pas jurer que je n'ai pas quitté Marcus pour Alexis, mais je peux jurer solennellement ici, même si cela joue contre moi, peut-être de façon dramatique, que j'ai toujours su qu'Alexis était un être froid, manipulateur, alcoolique, lâche, un choix maudit. Je l'aimais pour son air triste et bougon qui me donnait envie d'obtenir un sourire. Pour la petite boucle en argent dans son oreille gauche, retirée avant l'antenne. Sa supériorité intellectuelle, soutenue par sa culture musicale (le jazz) et une myriade de diplômes. On rencontre peu d'agrégés d'histoire à la télé. Je chérissais surtout la précision de ses mots, des mots durs et coupants. Une rhétorique formidable aussi, anesthésiante, divertissante, qui lui permettait de parler à la presse télé ou à des confrères sans rien *dire*, dans le sens de « dévoiler ». Une parole piégée, pleine de contournements et de zigzags. Cet homme faisait brillamment mâcher du vide à ses interlocuteurs. Sa dialectique fuyante stimulait mes neurones. Déclenchait l'envie d'obtenir, là encore. Mon érotisme se loge dans le langage, je parle, je parle tous les jours à la télé, mais je n'attends au fond qu'une chose : écouter.

Alexis appartenait à ce que vous appelleriez sûrement les « satisfactions immanquablement suivies de dommages ». Je ne sais plus dans quel livre j'ai lu ça, mais je suis sûre que ça vous parle. Le genre soleil alternatif qui caresse et qui brûle. Combien de fois peut-on aller se griller contre un astre nommé Alexis ? Mille fois, selon mon expérience. C'était l'homme idéal pour une course de fond sans ligne d'arrivée. Un amour transformé en rapport de forces perpétuel.

Écrivez qu'à cette époque, en octobre 2021 donc, je vivais au rythme cardiaque de ce Benjamin Biolay de l'info. Les mêmes cheveux argentés, les mêmes cernes qui doublent les yeux, les mêmes narines relevées, la même bouche pulpeuse. Que chaque matin, je faisais en sorte que le bruit de mon souffle ne couvre pas l'éventualité de ses pas. Je l'observais à travers les fenêtres d'atelier en plexiglas de nos box identiques. Il portait toujours, quel que soit le temps, une chemise à carreaux ou un polo noir sous une veste de costume, un jean, des baskets Veja et des lunettes aux verres fumés.

Passé la porte de son bureau, mon coprésentateur réalisait une série de gestes, toujours la même. Il posait son casque de moto par terre. Il touchait le gros chat en porcelaine de sa bibliothèque. Une superstition, j'imagine. Il saisissait l'épaisse chemise en papier jaune dans laquelle se trouvait la revue de presse du jour. Cette compilation d'articles était réalisée par une certaine Marguerite, stagiaire bordelaise qui préparait les concours d'écoles de journalisme et que nous n'avions jamais vue parce qu'elle travaillait de 23 heures à 2 heures. « Elle a un problème psychologique », disait souvent Alexis tant la liasse d'articles photocopiés et agrafés débordait d'informations insolites, façon *Vidéo Gag*, du genre un chien a accouché d'un chat.

Cette étudiante avait-elle seulement été briefée, lui avait-on donné un badge ou était-elle entrée une nuit par une porte dérobée, pour mener un combat contre la raison ? Un jour, Alexis avait laissé un post-it en évidence sur son bureau : « Sais-tu que tu ne travailles pas pour CNews ? Je reformule : es-tu défoncée à la coke ? »

Rien n'avait changé.

Dos à moi, Alexis feuilletait page après page le document absurde, façon de me dire : « Même les articles sur les femmes à trois seins sont plus urgents que toi. » Puis, au bout d'une éternité, il jetait la chemise sur son bureau, se tournait, baissait ses lunettes bleues et plissait les yeux. Dans cette histoire, tout le monde est myope. Un bonjour se dessinait sur ses lèvres. Sans l'entendre, j'en mesurais la chaleur cosmique. Mon visage était ballotté dans un bain d'arrêt acide. L'expression qui en résulterait serait celle de la journée.

Mais venons-en à pourquoi j'allais mal cet automne-là. Je savais que notre relation était déjà foutue.

Dix mois plus tôt, le 7 janvier 2021, après l'émission, Alexis m'avait proposé de renoncer à son taxi-moto pour qu'on aille chez Berthillon, sur l'île Saint-Louis. Une glace en hiver ? « Oui justement, c'est disruptif. Après, on ira faire des jeux d'eau dans un square. » J'étais ravie : avec un peu d'avance, c'était un cadeau de 40 ans rêvé. J'attendais inconsciemment une « ouverture », comme on dit dans votre génération, depuis les débuts de la matinale, trois ans et demi plus tôt, époque où il sortait avec une romancière de deuxième ligue. Depuis leur rupture, à l'automne 2020 (ça s'était mal fini, il l'appelait désormais par son nom de famille), l'attente était devenue tangible et lui se rapprochait de moi. Il me séduisait, principalement en m'envoyant des liens vers des reportages de CNN. « Que penses-tu du traitement ? »

Cette proposition de glace nous sortait radicalement du champ professionnel. Ce matin-là, on avait attrapé un bus et il avait proposé son bras comme barre d'appui. Vous me voyez sourire quand je m'en souviens ? Sur le trottoir, après les glaces, il avait dit : « Attention, je vais t'embrasser, est-ce que tu es prête ? » Il ne doutait pas de mes réponses à ses questions. J'avais ouvert la bouche et nos langues avaient brassé du caramel pendant vingt minutes. Je ne m'étais pas trompée sur l'attirance physique. Nos phéromones : mortes électrocutées.

La dégringolade de notre relation datait du mois d'août 2021, juste après ma rupture avec Marcus. En quittant mon mari, j'avais pensé finir avec Alexis, mais depuis que j'étais célibataire, mon amant me disait ne pas vouloir prendre la place « encore chaude » de Marcus ; il le disait sincèrement choqué, comme si j'avais poignardé mon mari au lit et l'avais roulé sous le sommier. Au début, j'ai mis ça sur le compte de l'effet de surprise, le temps d'adaptation, j'ai conservé l'espoir qu'il me revienne tout l'été, puis à la rentrée. Le mois d'octobre a marqué une prise de conscience : ma naïveté devenait de la bêtise. Moi célibataire, notre relation se poursuivait à basse fréquence, c'est-à-dire quand il en avait envie. Au fond, ça n'était plus qu'une histoire de cul. Cela arrivait environ une fois par semaine qu'il me convoque en salle de montage (véritable coffre-fort humain).

SMS : *Viens par ici deux minutes.*

J'y allais, la gorge sèche. Il me mangeait sur le banc de montage. « Ouvre la bouche. » Il m'allongeait sur la moquette. Il agrippait le haut de mes cuisses et descendait jusqu'aux chevilles, ses mains formant des garrots successifs, comme s'il voulait réveiller toute ma peau, de haut en bas, la faire rougir, faire de moi une écrevisse. Il frottait nos mentons. Il aspirait ma langue. Il pressait son sexe sur mon ventre. Il me retournait, baissait mon pantalon, et glissait entre mes fesses, glissait et reglissait en soufflant fort. Bon, il y a plus romantique, je vous l'accorde, mais je trouvais ça torride, excitant, intense comme au premier jour, puis, quelques heures plus tard, humiliant. Mon état d'esprit passait du ciel diamanté des Beatles à *down in the world*, comme le dit Valery Larbaud. Tombée en bas de la Terre, d'une montagne ou d'un train en marche. Le sol comme seul horizon. Mon pathétique volume en mètres carrés, sans Alexis.

Le temps révélait que s'étaient croisées dans cette salle de montage deux volontés. La mienne, cherchant à le convaincre de son amour pour moi. *Tu vois que tu m'aimes puisque tu y reviens sans cesse ?* L'autre, la sienne, prouvant une nouvelle fois au monde que le désir existe à l'état brut. Comme la faim. Je veux, je prends, c'est bon, voilà, merci. Débraillée encore, je m'écrivais un SMS à moi-même : *Alexis n'est pas une solution pour être heureuse, c'est un amas de chair lâche et égoïste, même les protéines de sa peau lui appartiennent. Il te tient en te faisant croire que tu pourrais l'avoir si tu t'acharnais un peu plus. Mais ces deux modes d'amour sont égocentrés : l'excité masturbatoire (qu'il t'accorde) et le petit garçon qui teste les limites de sa maman (dont tu ne voudrais pas). Toute relation égalitaire ne l'intéresse pas.* »

Qu'en conclure ? Que j'étais devenue son sex-toy ? Il était clair qu'il ne m'aimait plus d'un amour stendhalien. Je l'excitais comme un stand de tir, mais en ce mois d'octobre 2021, il ne m'impliquait plus dans aucun fantasme asexué. Zéro processus de cristallisation. D'ailleurs, preuve de son indifférence, il ne posait aucune question sur mes enfants (aucune) et ne m'offrait jamais un cadeau. Attendez, si. Après le premier baiser caramélisé, il m'avait donné un mug Ella Fitzgerald que quelqu'un d'autre lui avait offert. « Tiens. C'est pour toi. » Mais depuis, rien. Pas un livre, un objet, une seule chose qui l'ait un jour fait penser à moi au point, dans une boutique quelconque, quelque part, dans une rue d'une ville d'un pays sur cette terre, de le saisir et de me l'acheter. Ce qu'il faisait activement, par contre, mais avec de moins en moins de conviction, c'est me maintenir dans son giron en refusant catégoriquement de définir notre nouvelle relation. J'obtenais un vague « tu comptes pour moi ». Un vague « je t'ai dans la peau ». Ou : « Tu es importante. »

À cette époque, quand j'y réfléchissais – faut-il être fou pour ne pas vouloir vivre avec moi ? –, je mettais sa distance émotionnelle sur le dos d'une dyslexie ancienne, qui l'avait complexé plus jeune et qu'il compensait par un excès de contrôle dans ses relations affectives (il avait trois amis, à tout casser). Comment peut-on fabriquer un tel déni ? En réalité, sa dyslexie, qui ne ressortait que lorsqu'il était fatigué et hors antenne, était un non-sujet. Il lui arrivait de dire « je m'en viens » pour « je reviens », ce qui, j'en conviens, est anecdotique, et peut-être même pas de la dyslexie. Bref, vous voyez, comme les femmes le font souvent, je transformais son refus de moi en peur de moi, je me racontais des salades pour me réconforter.

Lorsqu'il se souvenait de la date d'anniversaire des gens, Alexis leur envoyait une vidéo YouTube du chant « joyeux anniversaire » dans une langue étrangère. J'avais reçu les versions russe, chinoise et espagnole (pour mes 40 ans). Clic, agression des tympans. Grâce à Google Trad, je le remerciais dans la bonne langue et c'était tout.

Si l'on prend ce bête critère d'anniversaire, Marcus m'avait aimée sans comparaison. Pour mes 30 ans, il avait loué un bus parisien, un vieux 54, qui avait circulé dans Paris toute une nuit de verglas. Nos amis en parka North Face avaient descendu des bouteilles de vodka en dansant sur les sièges au son de K. Maro et de Lââm. Au retour, j'avais vomi devant le manège de Jules-Joffrin, en hommage à mes enfants qui m'avaient, la veille encore, obligée à rester plantée là des heures. J'avais crié dans l'oreille de Marcus, avec le mégaphone de l'ivresse :

— Est-ce que t'as remarqué que le gars du manège donne la queue du Mickey aux fratries, comme ça, les parents sont obligés de payer un autre tour à celui ou celle qui n'a rien eu ?

— Ce gars-là ou tous ?

— Tous. Ils se remboursent instantanément.

— C'est intéressant, tu veux qu'on appelle Mediapart ?

— Oui, mais ça peut attendre demain.

— Bien. Tu es sûre ?

— Oui. Mais tu avais remarqué ou pas ?

— Non.

Je me souviens que, ce soir-là, Marcus m'avait fait rire en tirant sur ma mèche blanche pour en faire une piste de ski pour son nez.

Vous allez croire que je me suis vengée d'Alexis pour une simple histoire de cadeaux et d'anniversaire, mais ça serait un réflexe très watsonien alors que vous êtes de la trempe d'un Holmes. Attendez la suite. Je ne vous apprends rien si je vous dis que les passages à l'acte relèvent d'une somme de hasards.

Après le bonjour presque indifférent d'Alexis, je sortais du tiroir mon casque licorne avec une corne rose en silicone au sommet qui bouge mollement. Je l'avais acheté dans une boutique de gadgets à la gare de Lyon avec un cactus qui danse et répète tout ce qu'on dit. J'avais agi sous l'influence de mon fils aîné, Loup, celui qui est en mouvement perpétuel, et on ne peut pas dire que je l'avais regretté. Ce garçon a des choses à m'apprendre. Je l'appelle le « débusqueur de joie ». Avec ces écouteurs sur la tête, j'avais l'air d'un petit poney, mais les gens s'étaient habitués. Quand Alexis m'aimait encore, il posait devant moi les résultats des courses de chevaux, mais c'était terminé. Secouer ma corne ne le faisait plus venir. À l'aube, il enchaînait les canettes de Minute Maid en me laissant dans l'attente.

À 6 h 15, j'allais toquer à sa porte pour qu'on trie les questions de notre Google Doc commun nommé « Grand Entretien ». Du lundi au jeudi, Alexis et moi menions l'interview politique de la matinale, à 8 h 30. Le vendredi matin, parce qu'il animait *Jazzmen*, dans la nuit de jeudi à vendredi, une nocturne sur TSF Jazz (des portraits de grands musiciens), une émission conçue pour des hommes de votre âge, je conduisais seule un programme allégé. J'aimais bien être aux manettes, mais je n'aimais pas être payée comme lui alors que je travaillais un jour de plus. En octobre 2021, Alexis n'utilisait plus notre document pour m'écrire des choses personnelles. Et je l'imitais. Je ne voulais pas qu'il me reproche de dévoyer un outil professionnel. Il m'aurait traitée d'« incurable névrosée ». Il ne savait pas encore de quoi j'étais capable.

Comment réussissait-il à s'ériger en surmoi ? J'y ai réfléchi depuis que je suis ici. Disons qu'Alexis dictait les règles de la relation à l'aide de signaux infralinguistiques de type « je suis content / je suis contrarié », que je captais pour avoir appris à le faire, enfant, avec ma mère dont la dépression guettait, et avec mon père, pour qui j'étais une source de déception – même plus tard, car mon règne sur la télé n'y changerait rien. J'y répondais favorablement, pour que mon amant m'aime, mais régulièrement, je réalisais que ces règles n'étaient pas les miennes et que j'étais comme branchée sur une mauvaise prise secteur. C'est ça, Alexis me déroutait de moi-même. Michel Foucault, qu'on feuillette à Sciences Po, parle de l'emprise comme d'« une action sur l'action ».

Si j'osais un reproche (en fait, j'explosais), il me répondait : « Mais enfin, tu es libre, tu n'es pas emprisonnée, tu n'es pas victime de cette relation, tu y participes au même titre que moi ! » Pas faux, mais… « Ton problème, c'est ton orgueil mal placé. » Je me taisais, je réfléchissais à l'orgueil, qui préserve aussi du pire. Trop tard, il me demandait : « Tu aimes être plainte ? »

L'emprise, c'est quand deux êtres aux enjeux narcissiques inversés entrent en synergie. L'un veut contrôler, l'autre fusionner. L'un blesse et l'autre comprend. L'un est narcissique et l'autre un narcissique inversé. Comme une chaussette retournée. Une pauvre chaussette dont on voit les coutures, qui pleure, qu'on plaint, mais qui n'est pas totalement innocente puisqu'elle cherche, dans ses relations, à se rapprocher des chaussettes flamboyantes. Son enjeu : se sentir exister au royaume du textile. Se grandir pour ne pas se mésestimer. Chez vous, on parle de mélancolie, non ? Voilà, je l'affirme, les narcissiques et les mélancoliques forment des paires. Cette chorégraphie se termine mal.

Chaque matin, pour peaufiner notre entretien, je m'installais à côté d'Alexis, sur un petit tabouret qui mettait ma tête à hauteur de ses épaules. Son haleine exhalait une lointaine odeur de vodka et le Minute Maid d'il y a cinq minutes. En octobre, nos genoux se comportaient encore comme des aimants en forme de genoux. La mémoire des corps subsiste après que les esprits se sont éloignés. Ce moment était souvent le plus sentimental de ma journée.

Après la répartition des questions, je retournais sagement à ma place. Sur le fond, j'étais meilleure que lui, pensais-je en m'asseyant dans mon fauteuil capsule façon Austin Powers. La politique ne l'intéressait pas. Mais sur la forme, il dominait. C'est vrai, il formulait mieux. La demi-heure qui suivait, j'avais du mal à réfléchir. La proximité physique m'avait perturbée. Je regardais mon téléphone toutes les trois minutes pour voir s'il me réclamait en salle de montage. Ses commentaires sur la pertinence de mes questions aspiraient mes capacités cognitives.

Vers 6 h 30, je sortais de mes boucles d'autoflagellation grâce à Michèle la maquilleuse et Mabel la coiffeuse. « Make up », disait Michèle qui couvrait mes paupières de paillettes au point que j'avais du mal à garder les yeux ouverts. Voici un autre désarroi.

Le lendemain de la Toussaint 2021, jour des morts, cela ne s'invente pas, j'avais croisé Aristote, mon producteur, dans l'ascenseur du cube. En forçant son accent grec, ce qu'il fait toujours lorsqu'il est gêné, il m'avait dit, en traçant des cercles devant mon visage : « Mets de la poudre, Léonore, parce que c'est un peu gris tout ça. » « Tout ça » étant, j'imagine, ma peau. J'avais passé la suite de la journée à agrandir des vidéos de moi et à me perdre à l'intérieur de mon visage pixellisé. Ma peau était-elle grise ou beige ? J'en étais sortie avec la certitude qu'elle n'était pas grise, mais dès le lendemain, Michèle avait fait couler des torrents de fond de teint sur mes joues et des paillettes sur mes yeux. Aristote lui en avait-il donné l'ordre ? Je protestais, elle insistait. Depuis, j'étais transformée à l'aube en poupée gonflable sous kétamine. En plateau, j'étais sur un fil, entre la plus belle femme de la soirée et la tata folle du grenier.

Mabel adorait me coiffer avec une queue-de-cheval yéyé, les cheveux plaqués contre les tempes. *Sweet sixties.* Je lui avais dit que cette coiffure ne m'allait pas, que je n'étais pas un sucre d'orge et qu'on n'était pas dans *Grease* mais sur une chaîne sérieuse, elle recommençait jour après jour. C'est elle qui m'avait convaincue de ma ressemblance avec Lio. Je défaisais son travail dès qu'elle avait quitté la pièce. Elle ne regardait pas l'émission.

À 6 h 50, après avoir imprimé deux jeux de questions, Alexis venait me chercher. Posté dans l'encadrement de ma porte, il pointait du doigt l'horloge en forme de tête de Garfield derrière moi. La déco régressive de la télé, toujours. Je me levais en lui souriant. Il me tendait mes feuilles, il les serrait entre ses doigts, je tirais dessus, il les retenait, il finissait par les lâcher. On a les jeux qu'on mérite et celui-ci existait encore. On rejoignait le plateau, concentrés. Je marchais derrière lui. Passé la cafétéria, à l'intérieur du couloir qui menait au plateau, la lumière des spots illuminait ses contours et je réalisais à chaque fois qu'il n'avait pas de cou. Assis côte à côte, devant nos micros jaune citron. 4, 3, 2, 1 sur l'horloge. À 7 heures, la lumière rouge s'allumait, *Bonne journée !* commençait.

Sa gorgée d'eau. Jingle.

— Bonne journée à tous, bonne journée, Léonore.

— Bonne journée, Alexis, soyez les bienvenus.

Avant toute chose, Alexis lançait le journal de Laurie. Si vous avez la télé, vous devez voir de qui je parle, une trentenaire permanentée qui porte, contre l'avis de la styliste de l'émission, des pulls à crochet. Le violet est son préféré et celui qui nous perturbe le plus. Cela ne se voit pas à l'antenne, mais Laurie est immense, semble venir d'une planète où les habitants sont plus grands. Ses capacités de synthèse sont supérieures à la moyenne. Elle ne confondra jamais les pays d'Asie, les régimes politiques, les dates du vote au Sénat et à l'Assemblée, elle ne mettra pas une info mineure au début de son journal. Son JT forme un entonnoir parfait. Son côté bon élève donne parfois envie de la harceler.

Laurie cédait la place à une bande de chroniqueurs en sweat-shirt, des trentenaires dynamiques et consensuels qui arrivaient avec les croissants et des thermos de café – médias, économie, musique, humour, je les écoutais d'une demi-oreille. Pendant la coupure pub, la table était débarrassée, les miettes évacuées, et tout le monde à la technique redevenait sérieux. L'enjeu du grand entretien était fort. Nous faisions trembler les radios. De Natixis à L'Oréal, on parlait de nous devant les machines à café. *T'as écouté Bidule à la matinale ?*

Alexis était précis, analytique, distant, ses questions semblaient provenir du fond d'une grotte. Quand il n'aimait pas l'invité, il était perfide. « Untel dit ça à propos de vous... Que répondez-vous ? » Il aimait les adverbes. *Formidablement.* Et les adjectifs. *Désastreux, effrayant.* J'étais pugnace, charnelle, vague, séductrice, complice, genrée. Je résumais à gros traits. Je faisais des fautes de grammaire mignonnes. J'incarnais la savante, l'impie, la simple. « Allez, dites-nous... » Cet entretien s'apparentait à un instrument biplace qu'on maniait de mieux en mieux malgré nos déboires amoureux. Une petite pression sur le pied de l'autre signifiait qu'il fallait relancer, insister sur le même sujet. Une main posée à plat sur la table voulait dire : passons à la question suivante, on n'obtiendra plus rien.

Alexis et moi avions l'écart d'âge moyen des Français en couple, c'est-à-dire cinq ans de plus pour lui. Les meilleurs jours, nous obtenions de nos invités une démission en direct. Le tout-venant, deux dépêches AFP du genre *Mélenchon revendique ses tweets sur la police qui tue.* Le buzz est un art délicat : il faut savoir l'accueillir sans avoir l'air d'avoir vendu sa mère. « Cache ton tableau clinique à l'antenne », m'ordonnait Alexis quand j'avais brusqué un invité. En plateau, son regard froid m'indiquait qu'un mot à connotation sexuelle m'avait échappé (*frénétique* pour parler de sa campagne à un député). « On est sur le service public, pas dans ton lit », me disait-il après. La sexualité, qui me manquait avec lui, crevait l'écran, avais-je fini par réaliser.

Mais la plupart du temps, je faisais bien mon travail. En interview, je pensais presque devenir mon père, souverain en cardiologie, roi de la Salpêtrière et de l'édition du bien-vivre, qui n'a jamais pensé avoir dit un truc bête. Sur le plateau, la lumière rouge allumée, tout ce qui me passait par la tête me semblait profondément légitime.

J'étais la Française intelligente.

Hors caméras, c'était autre chose.

Cet automne-là, Alexis s'en allait sans rien dire après l'émission. Le caramel était devenu une idée, un souvenir olfactif, un goût à fuir pour ne pas pleurer. Je l'observais se diriger vers l'ascenseur, sa petite boucle d'oreille remise en place, son casque rayé à la main, ses baskets Veja se frayant un chemin sur la moquette. Il allait retrouver son appartement, qui jouxtait celui de sa sœur Vinciane, une sociologue frustrée, sa copie conforme de visage, aussi célibataire que lui.

Dans le cube, Alexis était sombre et omniscient, le baron noir de l'information. Une heure plus tard, il serait une épave. Allongé sur son canapé, il jouerait aux échecs sur son téléphone. À jamais en position horizontale et pour toujours au milieu d'une sieste. Déjeunant avec sa sœur, en boucle négative sur ses collègues du CNRS. Puis envoyant des SMS à n'importe qui et multipliant les conversations sans but. « Tu fais quoi ? » Déclamant pour lui-même qu'il va faire des choses, puis finissant par ne faire qu'un sandwich à la moutarde. Troquant à partir de 17 heures le jus d'orange pour la vodka orange. Toujours sur le canapé, ivre, et s'endormant là, vers 19 heures, devant la télé, CNN ou TSF Jazz, puis opérant vers minuit un transfert risqué dans son lit.

Parfois, avant que les portes de l'ascenseur d'AZ ne se ferment sur lui, il me jetait encore un regard.

3

Agressivité

Après l'émission, je descendais faire un tour au premier étage, qu'on appelait « la grande surface ». On y trouvait la rédaction, qui fournissait des reportages pour toutes les émissions produites par AZ, matinale comprise. Cette rédaction était composée de reporters de 20 ans féministes, déconstruits, *gender fluid*, premier degré, incollables sur les violences policières. De l'enfance de George Floyd, ils savaient tout. De l'évolution des chiffres du contrôle au faciès en France aussi. Bible : le rapport du Giec. Jamais ils n'abandonnaient une RTT derrière eux. Ils avaient chorale à 18 h 30. Ils ne prenaient pas l'avion. Il leur arrivait d'utiliser le chômage comme un outil pour prendre des congés. Ils passaient leurs vacances à longer les côtes à vélo pour en constater l'érosion. Si on y prêtait attention, on les voyait pleurer de désarroi dans les bistrots du littoral devant des citrons pressés à grande touillette. Dessiner au stylo Bic, de mémoire, sur des serviettes, l'immeuble Signal de Soulac-sur-Mer depuis longtemps déconstruit, lui aussi. Je vous fais rire ?

Si oui, pas très fort. Au fond, j'aimerais que vous pensiez *qu'est-ce qu'elle est drôle celle-ci, elle n'a rien à foutre dans un hôpital. Elle devrait plutôt passer au Jamel Comedy Club !*

J'exagère pour les dessins.

Rétrospectivement, ce qui est ironique, c'est qu'à l'époque on se moquait d'eux avec Alexis.

Ouin, ouin, le méthane et le permafrost.

Prenons Sacha, dont le nom figure dans l'ordonnance de mise en accusation. Vous voyez, quand on est patient, les pièces du puzzle s'emboîtent. C'est aujourd'hui l'amitié qui compte le plus pour moi, mais tout a mal commencé entre nous. Dès son premier jour à *Bonne journée !*, en 2020, j'ai détesté cette grande gigue, sortie vingt ans après moi de Sciences Po Paris avec des jambes non épilées. Ses cheveux étaient aussi noirs que les miens, mais courts et bouclés, dessinant un casque sur une tête sphérique, ce qui faisait d'elle un boulet de canon. À l'arrière, une mèche plus longue donnait l'impression qu'une goutte de pétrole s'étirait le long de sa nuque. Cette goutte pendouillait. C'était la torture de l'eau chinoise. Qu'elle tombe, mais qu'elle tombe ! Je rêvais de lui agrafer sur la tête en passant derrière son bureau. *Clac. Oups, pardon Sacha, j'ai dérapé avec mes fournitures.*

Le quart d'heure que je passais chaque matin sur la grande surface, pour parler des sujets du lendemain, ne se déroulait jamais sans que Sacha me tende. Toutes les trois minutes, elle découvrait une chose et l'intrinsèque matière à indignation de cette chose. Avec cette exclamation : « Attends, mais c'est chaud », Exemple. Découverte de l'existence d'un député écolo. Puis découverte de l'agression sexuelle dont il est accusé : « Attends, mais c'est chaud. » Elle n'avait que le mot *décélération* à la bouche, alors que moi, à 20 ans, j'étais une femme pressée, j'imitais Anne Sinclair sous la douche. Sacha trouvait indécent qu'on ne plafonne pas les salaires, les dividendes, l'héritage, le patrimoine. Elle considérait que le ski était un sport de connards et que Macron était un nazi doublé d'un meurtrier, car l'état de l'hôpital public, des soins palliatifs, de la psychiatrie, c'était sa faute.

Pendant ses congés, elle défendait les animaux, les chats et les hérissons tués par les voitures électriques et réclamait qu'on équipe ces engins d'ultrasons. Elle s'asseyait sur des autoroutes pour dénoncer la pollution. Elle vivait en colocation avec un clandestin népalais. Elle regardait mon Coca light avec dégoût. Elle aurait envoyé tous les hommes blancs en prison. Son sens du non-compromis était redoutable. *Woke, conscient des injustices, oui mais jusqu'où peut-on l'être tout en vivant encore ?*

Depuis que j'étais en âge de voter, je me déclarais, moi, d'une gauche raisonnable, une social-démocratie compatible avec le capitalisme. Mes parents et les confrères de Marcus me situaient à l'extrême gauche, ils m'appelaient la Mélenchoniste, mais Sacha s'adressait à moi comme si j'avais voté Fillon en 2017 et Sarkozy la fois d'avant. J'étais attachée aux services publics, mais je n'avais jamais manifesté pour eux. Il y avait dans les manifestations quelque chose de trop indirect. Un déplacement trop lent, aussi. Et puis, je risquais d'être reconnue dans les cortèges, or c'est doublement manifester qu'être vue en train de le faire. J'étais contre le racisme et les discriminations, ce qui ne coûte pas cher. Dans mon entourage, il n'y avait qu'une seule Gilet jaune, la fille de la marraine de ma mère.

Habitude la plus énervante de Sacha : l'empilement de ses carnets sous son bureau comme s'ils contenaient des informations vitales pour la démocratie. *Combien d'années avant que l'encre ne s'efface, ma pauvre Sacha, même pas dix ans ? C'est l'argent qu'il faut mettre de côté,* pensais-je. Son mode de déplacement exclusif : des glissés de chaise à roulettes, comme au *New Yorker* en 1980. En revenant à sa place, elle shootait dans ses tours de Moleskine (en accès libre, à volonté, c'est la télé) qu'elle réempilait, à quatre pattes, en chantant du Jacques Brel.

Du matin au soir, elle trimballait son pied de caméra sur son épaule, d'un côté à l'autre de la rédaction, allait même aux toilettes avec. Elle s'habillait dans des friperies, portait des Converse jaunes, des jupes en daim et des chaussettes de foot parce qu'elle y jouait. L'été, elle mettait des robes en coton et des babouches du marché de Mitry-Claye. Sans soutien-gorge « parce que c'est l'entrave ». Je connaissais par cœur ses petits seins et j'y pensais, de temps en temps, en regardant les miens, indécis sur le chemin à prendre.

La moitié du temps, Sacha tournait en Normandie, en Auvergne, en Provence ou ailleurs, on pouvait vérifier ça sur son statut WhatsApp. L'autre moitié, elle circulait entre les étages et, dans les mois qui ont suivi son embauche, et jusqu'à cet automne 2021, en la voyant arriver de loin, je m'imaginais l'écraser sous ma semelle comme un poisson d'argent des toilettes de Jules-Joffrin.

D'autant que, je ne sais pas pourquoi, elle me collait. Depuis son premier jour dans le cube, Sacha me suivait dans les couloirs, pour me rendre des petits services (impression, café) ou me poser des questions bizarres sur notre métier de journaliste. Il lui arrivait de me *forwarder* la liste des invités de la matinale du lendemain avec quatorze points d'interrogation – comme si j'allais critiquer avec elle les invités dont j'avais eu l'idée.

Ce que je dis là est rude. Et pourtant, ce n'est rien à côté de la détestation d'Alexis. Sa haine de Sacha datait du jour où il avait posé un prénom sur elle, au printemps 2021. C'était avant ma séparation d'avec Marcus, au moment où lui et moi formions encore un couple adultère solide, si je puis dire.

La chaîne était comme d'habitude partenaire du Festival de Cannes, le plateau de la matinale avait été délocalisé sur la Croisette, en plein air. Le jour de l'ouverture, Alexis et moi, qui venions de coucher ensemble, recevions à 8 h 30 le président du festival et la ministre de la Culture. Plateau classique, plateau de patrons. À dix minutes de l'antenne, nous étions debout l'un à côté de l'autre, en train de visser les questions dans nos têtes, heureux du vent dans nos cheveux, du bruit des voiliers derrière nous. Nous étions complices et conscients de notre surface médiatique, importants, mais au moment d'entrer sur le plateau, nous avons découvert le hashtag *#Bonnejournée* en *trending topics* sur Twitter.

Sacha avait tweeté. *Le matin, on parle du changement climatique comme d'une urgence et l'après-midi, on déplace une montagne de matériel à Cannes. Rappel : les girafes vont disparaître et très #Bonnejournée.*

Les genoux d'Alexis se sont pliés de surprise. « C'est quoi, cette histoire ? » Sa voix a trembloté de rage. Qui était cette petite conne ? Et quel genre de contrat la liait à la rédaction ? Comprenait-elle qu'il n'y avait pas de cinéma sans économie du cinéma et que l'économie du cinéma s'appelait Cannes ? Voulait-elle d'un monde sans cinéma, avait-elle déjà entendu parler d'un seul film d'auteur ou ne serait-ce que vu des extraits d'un putain de Hitchcock sur TikTok ? Quels étaient ses diplômes ? Je lui ai montré l'écran de mon téléphone, trois minutes ne suffisaient pas pour répondre à toutes ces questions. Alexis s'est élancé sur notre plateau, construit sur une plateforme surélevée. Il a trébuché, s'est rattrapé de justesse. Sa colère m'a fait peur. Je n'aimais pas tellement Sacha, comme je l'ai dit, elle m'agaçait, vous l'avez compris, mais je ne souhaitais pas qu'elle se fasse virer. J'ai suivi mon amant, le cœur battant. Les voiliers faisaient toujours derrière nous des bruits entrechoqués de voiliers.

Pendant l'entretien, Alexis a fait de tels efforts de charme avec la ministre que j'ai cru qu'il avait oublié l'incident. Nous étions convenus qu'il poserait les questions cool (c'est votre premier Cannes, madame la ministre ?, comment se portent les salles de cinéma, madame la ministre ?) et que ce serait moi qui l'interrogerais sur la présence d'un acteur accusé de violence par son ex-compagne.

— Elle vous indigne, vous, sa présence sur le tapis rouge, madame la ministre ?

— Elle me questionne, mais pour moi, en tant que

ministre, c'est très important de respecter la liberté de programmation du festival. Imaginez une ministre qui choisirait le film d'ouverture, ce n'est évidemment pas mon rôle. Et je trouve important que Cannes reste cette caisse de résonance des débats de société.

Les éléments de langage sont la plaie du journalisme, ils nous dévitalisent tous. Quant au président du festival, il s'en foutait tellement que c'en était émouvant :

— On a décidé de montrer le film dans lequel il joue pour sa qualité propre. S'il y a quelqu'un au monde qui ne s'est pas du tout intéressé au procès qui l'oppose à son ex-femme, c'est moi, donc j'étais pas du tout au courant de tout ça. Je suis un des rares types sur cette planète…

J'avais réagi au bon moment :

— … qui ne lit pas les journaux ?

Tout s'était bien passé, mais vers la fin de l'émission, le visage d'Alexis s'est tendu à nouveau. Son désir de vengeance contre Sacha était intact, à croire qu'il sortait d'une usine où l'on mettait des conservateurs puissants dans les désirs de vengeance. En bas des marches, il a chaleureusement remercié nos invités, puis, à la seconde où la ministre a tourné le dos, d'un pas furieux il est parti téléphoner. Je le surveillais de loin, j'essayais de lire sur ses lèvres, mais il n'articulait pas assez. Il parlait forcément à Aristote, notre producteur, son meilleur ami.

J'ai rouvert Twitter et vu que Sacha cette fois prenait à partie le président du festival dans un long charabia :

Était-ce trop lui demander de s'aligner sur son homologue de Cabourg ? Le festival de Cabourg était accessible en train de Paris, on y mettait des pulls et des jeans, on s'y habillait presque normalement. Pas de lumière stroboscopique, pas de kétamine, pas de lunettes Prada, on passait la soirée au casino et on allait se coucher à minuit, ça n'avait rien d'outrancier, d'aussi pénible à regarder pour le commun des mortels. Pouvait-on arrêter cette débauche cannoise d'argent jeté par les fenêtres alors que bientôt les températures ne baisseraient même plus la nuit ? Et Roland-Garros, qui démarrait juste après, pouvait-on l'annuler aussi ? (Elle diluait son propos, là.) Organiser un tournoi mondial, s'il le faut, mais un seul qui durerait deux mois dans un endroit accessible en bateau, c'était trop demander ? Il faisait 50 degrés en Californie.

Assise sur une enceinte, j'ai pris conscience de la chaleur du matin en regardant le nombre de retweets, c'était énorme. Alexis gesticulait au téléphone. Cette génération n'avait de cesse de contester une société que j'avais prise pour une donnée immuable. Après son coup de fil, mon amant est revenu près de moi avec un visage illisible. Il est resté là, à jouer avec la tête d'un stylo à l'effigie du festival. Je ne l'ai pas informé du nouveau monologue de Sacha. Il a fini par dire : « C'est bien celle qui a les jambes poilues ? On aurait dû s'en méfier. Le CDD de cette givrée se termine fin juin. Plus qu'un mois et tchao. » J'ai répondu : « Ça va aller, c'est rien. La durée de vie d'une polémique sur Twitter ne dépasse pas celle d'un Mentos dans un verre de Coca. » Le clic-clic du stylo s'est accéléré. Quand j'ai regardé la mer, il a déguerpi.

Sous moi, la sono grésillait. Après avoir pesé le pour et le contre, pensé à la précarité de son statut, un contrat de saison renouvelé chaque année, j'ai écrit à Sacha un message privé pour lui conseiller de tout effacer et de présenter ses excuses à Aristote. Je lui ai suggéré des formules déférentes, de ma génération. J'ai ajouté que, de toute façon, les avions volaient, même vides. Le climat n'était pas une affaire individuelle et la solution ne viendrait pas de Mauricette qui ne prend plus l'avion en Europe. Elle a répondu : « Justement si et nous nous devons de donner l'exemple. » Prendre un avion pour Cannes, c'était comme craquer une allumette dans un incendie, a-t-elle dit. C'était apporter notre soutien au chaos. « Stop au mode de vie émetteur », a-t-elle écrit en capitales telle une pancarte.

J'ai répété « efface ton thread » et « excuse-toi tout de suite ». J'ai pensé qu'elle connaissait peut-être les jumelles écologistes de mon ami Ricco et redouté un ultime mouvement kamikaze de sa part qui consisterait à capturer notre conversation et à la rendre publique. J'ai repoussé l'idée, mais abrégé l'échange. L'ancien monde tenait encore. La preuve, j'avais rendez-vous pour une séance photo organisée par *Version Femina* dont je ferais la couverture l'été suivant. Sur l'image qui a été choisie, je suis en robe rouge et j'imite le *Penseur* de Rodin.

Trois longs jours durant, Alexis a fait la gueule à cause de cette histoire. Twitter était désormais saturé par un fait divers en Haute-Savoie, l'affaire des girafes était tombée aux oubliettes, mais il ne digérait pas. Sa mauvaise humeur m'inquiétait de plus en plus. J'allais quitter Marcus deux mois plus tard, je filtrais ses appels tous les soirs prétextant du travail, j'espérais ne pas être en train de faire une bêtise.

J'aurais dû m'en rendre compte, mais à Cannes, les signaux de la fin de notre relation clignotaient déjà. Le soir, mon coprésentateur dînait avec Aristote et des actrices de 20 ans, et, comme je n'avais pas envie de le voir au milieu d'une foule, d'être forcée de me contenir, de censurer mes regards et mes gestes, je préférais l'attendre à l'hôtel. Où j'essayais de ne pas bouder. Où je mangeais des sandwichs suédois stockés dans le minibar. Alexis me rejoignait dans ma chambre vers 22 heures, l'équivalent de 2 heures du matin pour un matinalier. On faisait l'amour, puis on s'endormait en inventant des tweets de Sacha, sur le droit à l'autodétermination des hamsters.

Aristote Zografos, pour AZ dans AZ Productions, était une mascotte, un porte-bonheur, le sosie d'Aristote Onassis. Comme lui, il portait des nœuds papillon et des pantalons blancs. Comme lui, il prenait tout le monde dans ses bras, payait l'addition des tablées de trente, toujours partant pour louer un yacht et y faire cuire des *guezmer* sur le pont, mais aussi pour visiter un musée local de brouettes. C'était un chef de bande, un *provider*, un propriétaire de grosses baraques, le roi des bons plans hors de prix. Il avait quitté la Grèce à l'âge de 8 ans à la suite du divorce de ses parents. En France, sa mère franco-grecque et lui s'étaient installés dans un deux-pièces à Neuilly-sur-Seine, près de l'église. Un logement social directement attribué par Nicolas Sarkozy, qui avait croisé la mère d'Aristote sur le parvis, un matin, avait discuté avec elle, été séduit par son « profil de battante » (sa beauté). Maria avait été recrutée au service décès de la mairie et Aristote s'était lancé dans une course contre la montre pour rattraper socialement ses camarades de classe.

Au collège, il avait lancé un commerce de chaînes en argent qui l'avait rendu riche. Au passage, en livrant la marchandise, il avait découvert cet étrange rituel que les Français appelaient le goûter. Une avalanche de Pitch et de jus de fruits, vers 16 heures. Aujourd'hui encore, rien ne l'amadouait mieux qu'un Pitch. Les journalistes de la rédaction qui le rencontraient pour une augmentation s'en remplissaient les poches avant d'entrer dans son bureau. Lycéen, Aristote déjeunait déjà avec Maurice Lévy, le patron de Publicis. À 20 ans, il habitait un immense appartement rue Mouffetard et tutoyait tout le cinéma français.

Puis, au début des années 2000, Aristote avait vendu son agence de pub alors qu'elle était au firmament pour réussir avec la même fulgurance dans les médias, secteur plus prestigieux et plus influent. Ses spécialités étaient les matinales, les nuits, et les émissions de parlote en prime time. Depuis dix ans, Alexis et lui ne se quittaient pas. Ils allaient à des projections privées, à des soirées de prix littéraires, dans les loges des stars américaines. Back-back-backstage. Aristote appelait Miley Cyrus « Miley », ce qui en jette. Tous deux portaient des lunettes teintées de la maison Bonnet et utilisaient un smartphone pliable. Ensemble, ils ne parlaient que du mercato télé. *Qui va prendre cette émission et qui va prendre celle-là, et si celui-ci prend celle-là alors on peut viser celle-ci.*

Comme Aristote ne mesurait pas plus de 1,65 m son ratio taille/capital sympathie était inégalé à Cannes. Il était marié, mais il adorait les actrices, ce qui l'empêchait d'être « strictement fidèle ». Il avait un talent pour le petit mot d'encouragement envoyé avec un énorme bouquet de roses, juste avant la remise des prix. *Pour moi, vous êtes la seule.*

En juillet 2018, Aristote m'avait débauchée d'une chaîne d'info en continu avec des décors vulgaires. Nous nous étions retrouvés dans un café, place du Trocadéro, où il avait l'habitude de faire ses numéros de charme. J'avais, disait-il, une intelligence accessible et populaire. Ce qu'il aimait, c'était que je sois imprenable sur les faits tout en ayant une pensée simplifiante, c'était oui ou c'était non. « Une intelligence de télé. » Rapide et schématique. Sans tourments. Traquant l'ennui, l'austérité, la nuance, « vous ramenez tout au bon sens commun, Léonore ». J'avais été vexée par certains des mots employés, mais je ne l'avais pas montré. Je voulais quitter ma chaîne de débats stériles et j'avais tout pardonné quand il avait pris mes mains dans les siennes pour me dire que sans moi la matinale de ses rêves n'existerait pas. Alors ? Alors, oui.

J'avais hoché la tête et il avait commandé deux coupes de champagne. J'allais devenir célèbre. Ne restait plus qu'à trouver mon coéquipier de l'aube. Alexis avait beau être son ami, Aristote l'avait mis en balance tout l'été avec un présentateur au crâne en forme de godemichet. La chaîne voulait le sex-toy, qui était aussi auteur de polars. Finalement, Aristote avait convaincu tout le monde que le godemichet voudrait ma peau en plateau, me donnerait des petits coups de talon et que son agressivité tuerait l'émission. Mieux valait l'homme de confiance, l'agrégé misanthrope, Alexis. Le matin de ma première émission, j'avais reçu des roses au bureau, avec un petit mot en grec.

Kalí týchi, « bonne chance ».

4

Aboulie

En octobre 2021, j'avais survécu à la culpabilité de ma séparation, au manque de Marcus, j'avais résisté à l'indifférence d'Alexis, au maquillage de Mabel, mais en novembre, dans la voiture de Ricco, une digue a cédé.

La tête collée à la vitre, j'ai rêvé pour la première fois que je nageais dans une mer froide, houleuse et sans rivage, une mer hégémonique, recouvrant la surface du globe. Mes enfants nageaient derrière moi, deux canards confiants, alors que je n'allais nulle part. À partir de là, chaque nuit, je me réveillais terrifiée par l'absence d'issue d'une mer totale. Je me tournais et me retournais dans mon lit, je m'agrippais au dossier de la chaise en bois qui me servait de table de nuit, je le serrais pour survivre à cette mer sans fin, et de l'autre main, je surveillais mon cœur.

Car parmi mes nombreuses peurs, il y avait celle-ci : que mon cœur explose et tombe en lambeaux dans mon utérus (j'ai l'impression que cette phrase a un gros potentiel analytique, que vous allez la noter, la souligner trois fois, en déduire un tas d'inepties, mais tant pis, c'est trop tard, je l'ai prononcée et, pour votre information, je sais que c'est techniquement impossible, un cœur qui tombe dans un utérus, je sais que l'utérus n'est pas un vase tourné vers le haut, que c'est l'inverse, un récipient avec la tête en bas, mais on m'a dit de vous parler sans réfléchir).

Ce premier cauchemar marque peut-être le début d'une dépression. Notez-le, début de la dépression. Ce même jour, après l'émission, je suis passée sans y entrer devant la piscine de la porte de Vanves que vous connaissez peut-être, si vous nagez, parce qu'elle est sans chlore. Depuis des semaines, mue par l'énergie post-rupture, j'y allais tous les jours. Et à l'approche du bassin j'aimais bien le moment où, moulée par l'élasthanne de mon maillot Arena rose, j'avançais vers une vitre teintée derrière laquelle je voyais la caisse d'entrée. Je marchais vers cette image de moi dans la caisse, de la caisse dans moi, puis ma silhouette de super-héroïne se déplaçait de profil sur la file d'attente, avant de s'arrêter, de pivoter et de se redessiner tout entière, de face, mes deux bras et mes deux jambes, prête à descendre l'échelle métallique fixée au carrelage, échelle condamnée à un drôle d'écosystème, propre et sale. Je passais de la vitre à l'eau, comme l'objet d'une transaction. Je me trouvais irrésistible.

Dans l'eau, j'étais enfin anonyme. La piscine est le seul endroit où l'on puisse faire autant de fois demi-tour sans avoir honte. Je me vidais la tête, focalisée sur le nombre de longueurs. Je me sentais bien. Disons que je me sentais bien jusqu'à l'arrivée de Laure et Manaudou, deux grandes gigues adolescentes qui nageaient le crawl dans ma ligne et qui, au lieu de toucher comme tout le monde le bout de la piscine avec la main, finissaient leurs longueurs par des roulades sous l'eau qui les repropulsaient vers le centre. Salto, impact des pieds contre le bord, boum, fusées horizontales. *Ah oui.* Elles me rentraient dans les pieds. *Quoi ?* Me poussaient des coudes. *Merde.* Me doublaient sans marge. *Boules de chiottes.* Elles se consultaient sous l'eau pour me couper la route. *Je vous vois !* Jamais personne ne m'avait traitée comme ça. Un kilomètre plus tard, je quittais le bassin, l'exaspération dissimulée derrière mes lunettes dorées.

Le matin de ce premier cauchemar, j'ai renoncé à la piscine. Je n'ai plus eu envie d'être malmenée par les deux ados, plus eu envie d'appliquer le gel bleu-vert municipal, qui produit de la mousse et s'évapore directement au contact de la peau, ne lavant que l'endroit où il a été posé, et encore. Plus eu envie d'avoir la tête enfermée dans l'eau puisque la nuit, déjà, je n'arrêtais pas de me noyer.

À partir de là, mes muscles ont fondu et mes épaules n'ont plus senti le chlore, mais la mer hégémonique de mes nuits. Je dépassais la piscine sans la regarder et m'engouffrais lourdement dans la station Porte-de-Vanves, chaque pas relevant de l'enfoncement terrestre. J'avais aussi définitivement abandonné mon vélo électrique, lequel s'oxydait dans le local de Barbès. La rouille orange lui donnait l'air d'une antiquité moderne, un genre de projet artistique de première année.

Après le direct, je tombais en léthargie. Dans la rame de métro, pour qu'on me laisse tranquille, je me calfeutrais sous mon bonnet, derrière les vieilles Ray-Ban de mon père et un foulard en lin qui sentait encore Marcus. Chipé le matin de mon départ de l'appartement familial de Jules-Joffrin, sans réfléchir, en une seconde, parce qu'il serpentait sur notre lit et n'avait jamais été plus beau. Une fois assise sur un strapontin, je lisais sans répondre les SMS reçus pendant l'émission. Message d'une mère du collège de Loup : *Bravo Léo ! T'étais super face à Xavier Bertrand !* Ce n'était pas mon impression. Les non-journalistes n'entendent pas les choses comme nous. Ils ne passent pas toutes les phrases au tamis de la clarté et de l'émotion. Ils ne comprennent pas ce qu'on cherche.

(Et « Léo » ? Qui lui avait permis de m'appeler Léo ?)

C'est entre les stations Plaisance et Pernety que j'ai ressenti, en novembre 2021, une douleur inédite. Ma poitrine s'est mise à brûler si fort que le mot *poitrine* s'est qualifié comme entrée hypocondriaque sur Google. Poitrine + chaude. J'enfonçais mes AirPods pour écouter le lent et tautologique « Everything is everything » de Lauryn Hill. Je regardais mes mentions Twitter. Tous les trimestres, la patronne de la chaîne se félicitait de nos scores d'audience en hausse. Dire « on est les meilleurs » passait pour de la bonne humeur et non de la vanité ou du monopole. Tout le monde la retweetait avec l'émoji champagne. La base, *miaou tralala.* « Sur les réseaux, la posture contemplative finit toujours par être mal interprétée. Il faut agir un minimum », disait Alexis quand, dans un moment d'ennui, il likait sans les lire des tweets de gens puissants.

Je n'y arrivais plus.

Je ne savais pas comment mes cernes évolueraient, mais à cette heure du maquillage disparu, les vitres du métro me renvoyaient deux poches de lait cuit. Ma cicatrice sous l'œil sauvait l'ensemble. Pour le moment les rides me faisaient des blagues, en apparaissant et en disparaissant. Elles étaient floues, comme des parts de pizza mal coupées. À 30 ans, je tenais des discours enflammés sur la beauté de la vieillesse, son esthétique, sa fragilité, non je n'avais pas peur, oui j'avais hâte, oui j'avais bien dit « hâte », de voir comment je serais avec la peau empruntée par mille cours d'eau, disais-je exaltée. À 40 ans, j'avais moins hâte de devenir une carte des fleuves. J'aurais bien eu 40 ans pendant quarante ans, comme dans les mangas. Je trouvais les vieux sans charme, lents et imprécis. Les rides épouvantables. Comme vous le voyez, il ne restait absolument rien de la femme à propulsion électrique de l'été.

Dans les tunnels souterrains, je vivais mon crash d'adrénaline post-antenne. Débarrassée de la poudre télévisuelle, de l'exaltation du direct, des caméras et du micro, j'étais on ne peut plus loin de ma version étoilée, la « Léonore de Ka » de la téloche, celle que j'allais croiser dans un couloir de Montparnasse, sur une affiche 4 × 3 au fond jaune vantant la première matinale télé de France. On y voyait Alexis et elle, de retour de vacances, minces et marron, poser dos à dos, les bras croisés, les semelles l'une contre l'autre, en équilibre grâce à ce point de contact. Cette fille-là n'avait pas à plisser les yeux et la bouche pour être jolie. Elle portait un jean brut et une veste blanche à épaulettes, ce qui signifiait qu'elle pouvait aussi bien interviewer Édouard Philippe que Booba. Elle est au firmament, cette fille, pensaient les Parisiens en route pour la Bretagne. C'était moi. L'affiche me rappelait que, plus en forme, je tenais sur une jambe. À cette époque, en la dépassant, je baissais la tête.

Où étais-je passée ?

Sur la ligne 4, j'ouvrais le mail de mon père sur l'émission du matin, mail toujours structuré de la même manière : d'abord, un faux compliment sur une question que j'avais posée à l'invité, puis la liste de mes vraies fautes de français, contresens et erreurs de grammaire, et, enfin, les questions que j'avais « oublié » de poser. Mon ventre se serrait à l'idée que cet homme allait me surveiller toute sa vie et qu'il faudrait lui répondre dans la journée. Laisser ces mails s'empiler ne me vaudrait rien de bon : je deviendrais l'objet de sa colère, la raison de son courroux. Le reste du trajet se passait dans l'intranquillité de ce message paternel.

Lorsque la voix du métro annonçait « Barbès-Rochechouart », je sursautais. Devant la station, je croisais souvent une dame dont le ventre dépassait d'un tee-shirt rose Peace and Love et qui nourrissait les pigeons en fredonnant du France Gall. Être hippie ne l'empêchait pas de me juger sévèrement. Son regard semblait dire : « L'exposition médiatique rend les hommes fous. Leur cerveau n'y est pas adapté. On ne peut pas impunément être traité comme une licorne quand on est un poulet de batterie. » Elle me suivait du regard. Elle attendait que je décompense. *Ça viendrait, chère hippie, ça n'allait même plus trop tarder.* Notez qu'elle savait où j'allais alors qu'elle n'avait pas fait cent vingt-trois ans d'études comme vous.

Rien dans mon nouveau quartier n'était mou ni végétal. Le long du boulevard Barbès, je n'arrivais presque plus à activer mon mode France Miniature, une découverte de mon enfance. Quand je prononce le mot *enfance*, est-ce que vous avez une poussée d'adrénaline en tant que psy ? Quand on est célèbre, voyez-vous, ce mode est vital. La référence, je ne sais pas si vous l'avez, c'est le parc de maquettes d'Élancourt. Ce qui constitue la ville, les feux, les piétons, les camions, les hommes, tout cela rétrécit par la force de la pensée. Le mode activé, je devenais une géante. Si je soufflais sur Tati, Tati finissait à la mer.

Dans le hall de l'immeuble, la jeune nullipare aux lèvres fines qui bossait chez Netflix me forçait à reprendre ma dimension normale.

— Salut Léonore !

— Ah, salut Valentine !

Elle n'avait pas l'air de penser que ma place était aux urgences. Elle me sublimait. J'étais toujours surprise de voir mon aspect télévisuel chic et choc persister dans la rétine des gens. Au milieu de l'entrée, je laissais dégringoler mon manteau et mon sac Vuitton. Les semaines sans enfants, ils restaient là. Mon corps de journaliste sur le sol. À dispo, comme on dit à la fin des mails professionnels. À dispo pour être piétinée.

Dans le salon, je m'asseyais sur le buffet scandinave en pensant que Marcus aurait pu l'acheter, lui qui hantait les brocantes. J'allongeais mes jambes sur le meuble, façon kayak. J'ouvrais le hublot à ma hauteur, j'allumais une

Vogue menthol et lançais l'appli Doctolib pour déplacer mon rendez-vous avec l'hypnotiseur qui aidait tous les acteurs français sous contrat avec Amazon à arrêter de fumer. L'homme providentiel me voyait-il jouer aux petits chevaux avec son agenda ? Finirait-il par me gronder, non pas pour la dernière annulation (que j'aurais su justifier en me concentrant) mais pour toutes les autres ?

Dans la cuisine, j'ouvrais un paquet de Krisprolls et je sortais du frigidaire les boîtes rondes. Je déposais délicatement la tour de matières crémeuses à tartiner sur la table fixée sous ma fenêtre. Installée sur une chaise haute en bois, le dos rond et les jambes ballantes, j'étais au repos. J'ouvrais le tarama, puis les autres boîtes de haut en bas. J'enchaînais les tartines pour me tenir éveillée. Je mangeais et je fumais en même temps. Une taffe, une bouchée, une taffe, aussi inconsciente des usages qu'un bébé qui alterne une poignée de pâtes et une poignée de fraises. Je roulais le bord de mon bonnet avec ma paume. Dès l'automne, je gardais mon bonnet en toute circonstance. Dans ma bouche se mêlaient la fumée et la nourriture. Et cette alchimie complexe se produisait sous l'œil de mon voisin, un jeune type qui vivait assis dans un canapé en velours côtelé orange orienté vers ma cuisine.

Il ressemblait à José d'*Hélène et les garçons* et je ne répondais pas à ses signes de la main. Et après quoi, du air-sexe ? Parfois, il disparaissait en faisant un moonwalk et réapparaissait en avançant d'un pas normal. Je le surnommais Toctoc Jackson. J'étais certaine que s'il avait su qui j'étais, il m'aurait vendue à *Voici*. « Vous devriez faire la une avec ses fringales. Elle va très mal. Voici une photo. »

Je changeais de pièce.

Après les Krisprolls, le tarama, le caviar d'aubergine, les deux ensemble, *amen*, j'allais lire les journaux dans mon lit. Assez vite, ma pensée dérivait. De vous à moi, la plupart des articles pourraient tenir sur trois lignes. La presse écrite se la raconte. Le rédacteur fait crépiter son clavier comme un guitariste de plage. Se prend pour un artiste. Il saoule tout le monde, en fait.

Ensevelie sous *Le Monde* de la veille, perdue en son sein, je pensais à Laurie, la présentatrice du JT de la matinale, sûrement assise bien droite avec *L'Obs* posé à plat sur la grande table en marbre de sa maison d'Alfortville. Elle stabilotait l'article sur le Kazakhstan. Et ce qu'elle stabilotait était su. De mon côté, je situais à peu près le Kazakhstan. Asie centrale, pas loin du Pakistan. J'imaginais un régime politique dur, je n'en étais pas certaine, mais peu importait parce que Sciences Po m'avait appris à m'en sortir en toute circonstance. Dans un courrier, un téléspectateur, qui prétendait lire à travers moi, affirmait que mon talent se situait dans l'impatience de ma voix, qui donnait toujours l'impression que je résumais des connaissances beaucoup plus vastes. Peut-être.

Quand le soleil commençait à grignoter par la gauche la fenêtre-bandeau de ma chambre et qu'il atteignait mes genoux, les regrets me rattrapaient. Je pensais à mes enfants dans leurs versions matinales, quand ils sont remplis de haine pour la lumière. Les cheveux ébouriffés, à l'offensive. Les pensées au stade de bourgeons fermés. Je ne les voyais plus qu'un week-end sur deux dans cet état. Jamais en semaine.

Avant de partir à la télé avec Ricco, je posais sur la table du salon des céréales Trésor et une bouteille de lait préalablement checkée, respirée, parce que le lait tourné a le goût de la mort. Le beurre aussi, pour les mêmes raisons. Je laissais toujours sur la table un petit mot crayonné. *Je vous aime comme une oreille malentendante aime l'autre.* Ou *je vous aime aussi fort que le tsunami qu'il ne peut pas y avoir en Europe, promis juré.* En rentrant du travail, je retrouvais leurs bols de Trésor dans l'évier et il fallait, avant de les mettre au lave-vaisselle, attraper à pleine main les céréales restantes, imbibées de lait, dégradées, pour les jeter. Y avait-il un seul aliment non chimique dans cette boîte en carton rouge ? Il y avait sûrement du chocolat. Ces vestiges dégueulasses étaient les seules traces de leur nuit passée chez moi. Je ne pouvais pas l'ignorer : quand ils étaient chez Marcus, mes enfants se réveillaient avec un parent et dégustaient des œufs à la coque avec des mouillettes baguette tradition grillée.

Je souffrais de leur absence et ils souffraient de quelque chose. Depuis la séparation, j'étais de plus en plus convaincue de leur avoir fait un sale coup en les mettant au monde. *Non, vous n'êtes pas là pour chanter dans les hortensias, mais pour constater que le temps vous retire tout.* Je les trouvais anxieux. Un dimanche de janvier, nous avions communié dans l'angoisse. Ce matin-là, mes fils avaient entendu à la radio un philosophe expliquer le concept d'éternel retour de Nietzsche. L'idée est de mener sa vie de sorte qu'on puisse souhaiter qu'elle se répète éternellement, avait résumé Loup, l'aîné. En grignotant sa viennoise chaude, Merlin, le cadet, avait questionné mon propre désir de répétition. Déterminée, j'avais répondu :

« Non, c'est une impasse. À la fin de sa vie, l'homme préfère toujours en finir que recommencer, l'éternel retour est une punition. Il y a un désir de mort, une fatigue de fin de voyage, vous verrez, c'est très bien fait. » Après le petit-déjeuner, qui s'était déroulé dans un silence mortel, Loup avait conclu : « Moi, je signe pour recommencer une vie de merde a l'infini. » Son petit frère n'était pas d'accord : « Le désir de mort dont tu parles me remonte le moral. Mais c'est fragile, alors ne dis plus un mot. » J'avais fait semblant de coudre ma bouche, un geste qui m'avait paru daté et qui n'avait servi à rien puisque deux minutes plus tard, on en avait reparlé. Posté à l'entrée de sa chambre, Merlin avait regardé le plafond pour conserver ses larmes à l'intérieur des yeux et il avait lâché : « Le truc le plus triste quand on sera mort, c'est qu'on oubliera même qu'on a eu une peau. »

[DÉGLUTITION]

L'hiver a aggravé mon cas : la tristesse grandissait avec l'éloignement d'Alexis. Fin janvier 2022, nous avons fêté les 10 ans de Merlin, ses premières bougies sans Marcus ; cela s'est plutôt bien passé. J'étais nostalgique, mais j'ai réussi à cacher ma déprime derrière une pile de cadeaux La Grande Récré. Savez-vous qu'à 12 ans, 80 % du temps de présence parents-enfants est écoulé ? Après ils vivent dehors, ils donnent des nouvelles, ils passent peut-être déjeuner, mais finalement non, ils n'ont pas pu et ils n'ont pas pensé à prévenir non plus. Après, ils ne répondent pas alors qu'ils sont en ligne sur WhatsApp et on retient dans ses doigts des milliards de points d'interrogation. Vous le saviez, vous, que 12 ans signait la fin de la vie commune ? Avec lui, il m'en restait deux. Vous en avez, vous, des enfants ? C'est fou d'être payé pour ne pas répondre aux questions. Et moi, qu'avais-je fait de tout ce temps maternel profond à part réclamer du silence pour annoter des bouquins de merde ? *Le temps des tempêtes*, de Nicolas Sarkozy. Incipit : « Les tempêtes m'ont toujours fasciné. » « Staïv », disent les garçons. Cela veut dire : « C'est ta vie. » Je connais aussi par cœur la phrase qui ouvre son livre *Passions* : « Toute ma vie, j'ai eu de la chance, beaucoup de chance, peut-être même trop de chance », etc. C'est une épiphore, ça, j'espère que vous le saviez.

Je repense à un trajet culpabilisant école primaire-maison, bien avant la séparation. C'étaient mes débuts à la matinale, en 2018. Loup, en CM1, marchait loin devant moi parce que je lui faisais honte. Pas à cause de ma célébrité, de mon bonnet ou de mon look de fausse jeune, j'avais demandé, non, honte parce que en étant là, j'actais son état de dépendance alors qu'il s'évertuait à l'école à se faire passer pour un être libre. Je foutais tout en l'air avec ma mine réjouie de journaliste qui s'était souvenue qu'elle avait des enfants scolarisés. L'aîné flirtait donc avec l'horizon, et à l'inverse, le CE1 et son camarade marchaient sur mes pieds. Allez, allez, je les poussais avec mon bras comme une mère éléphant régit l'espace avec sa trompe.

Entre deux coups de cartable dans mon ventre, j'entendais Merlin imiter Louis de Funès quand, soudain, son copain lui avait demandé de sa voix aiguë : « Qu'est-ce que tes parents aiment le plus au monde ? » Il s'attendait à ce que mon fils réponde « moi » puisque « toi » était la réponse de ses parents à cette question. À cette époque, je vivais encore avec Marcus, mais je préférais regarder l'appli météo de mon téléphone, n'importe quelle ville, Brignoles ou Caen, plutôt que de lui parler. Au réveil, ma première pensée était déjà pour Alexis, mais l'idée de Marcus pouvait encore me faire sourire.

Après avoir réfléchi un instant, mon fils avait répondu « la politique » d'une voix ferme. Son pote s'était arrêté net devant la mairie. Il avait plaqué ses mains sur ses joues. Son corps était si immobile que j'avais pensé qu'une mouche n'aurait pas su où se poser. Mon fils et moi le regardions, sans savoir quoi faire. Pour éviter que l'enfant continue à mimer le choc, j'avais finalement éclaté de rire et dit : « Mais enfin non, mon lapin. La politique, c'est ce à quoi on occupe notre temps, mais ce n'est pas ce qu'on préfère. On te préfère toi ! » Mon fils avait haussé les épaules. L'autre secouait la tête d'incrédulité. *Quel petit con d'enfant optimisé.* Je ne pouvais pas l'encadrer. Il me tendait son pull ou son manteau en me disant « tiens ». Quoi, tiens ? Je ne voyais plus mon préado à l'horizon, mais j'étais sûre qu'il faisait tourner les clés autour de son doigt comme un être libre en bas de notre immeuble.

Au fond, j'étais incapable de dire si c'était un drame pour mes enfants d'être souvent passés derrière Éric Ciotti dans la liste de mes priorités. Je les aimais sans boulimie, sans carnivorité. Sans dévotion, sans pathologie, sans narcissisme. Pas comme Jeanne Weil aimait Marcel Proust, par exemple. Juste solidement et dans les temps impartis. Avec des pics d'anxiété rationnels. Les cars à cause des accidents, les colonies de vacances à cause de la pédocriminalité. Les activités périscolaires à cause des accidents et de la pédocriminalité. Ils n'étaient pas cousus à moi. Je les traitais comme de petites personnes à soutenir envers et contre tout, dans la mesure de mes possibilités. Je déployais de l'énergie pour qu'ils soient heureux tout en n'oubliant pas de l'être moi aussi. Je faisais souvent usage d'une question rhétorique bien connue des parents égoïstes : *comment pourraient-ils être heureux si leur mère ne l'est pas ?*

Depuis la séparation, j'amenais plus souvent l'aîné à son entraînement de foot du samedi matin, mais plutôt que de peler au bord du terrain, j'allais au bistrot du coin lire un PDF de la dernière loi de finances en avalant des œufs mimosa (c'est un des trucs qui m'avaient mise dedans, ces œufs du foot, avec les boîtes de tarama de 11 h 30). Pareil pour le piano du petit. Je l'engueulais pour qu'il révise, mais quel morceau, mystère. Était-ce suffisant d'être un parent comme moi ? Bien, mal ? Quel était le degré d'investissement sain ? Cet hiver-là, à cause de la fatigue accumulée, il m'arrivait d'appeler l'un ou l'autre « Machin » au lieu de « Lapin ». « Machin, va te laver les dents s'il te plaît. » Ils faisaient semblant de ne pas avoir entendu. Et moi, après ce lapsus, je demandais à Google si la fatigue pouvait transformer les gens en psychopathes. La réponse était non. J'avais des défauts, mais mes enfants me manquaient en permanence. Quand ils étaient chez leur père, je les appelais tous les jours à 16 h 30 pour ne pas laisser le logiciel Pronote prendre la place d'un médiateur toxique entre Marcus et moi.

Le seul point positif de cet hiver-là, c'est la naissance d'une amitié. Peut-être que l'épisode de Cannes avait ramolli ma haine à son égard. Peut-être que l'éloignement d'Alexis m'avait donné envie de me liguer avec celle qu'il détestait. Ou peut-être que j'avais commencé à changer. En tout cas, je me suis mise à appeler Sacha « Sachou ». Vis-à-vis d'elle, je suis passée du rejet à la tendresse comme on passe une porte ouverte. J'ai commencé à l'inviter, de temps en temps, à terminer les saucissons de Paulette dans mon bureau. En retirant mon fond de teint, j'en apprenais davantage sur ses parents, des plasticiens belges, en compétition au point de se voler des galeristes et du matériel, il faut se méfier des plasticiens, disait-elle, et sur sa grande sœur, juge d'application des peines, qui faisait un bébé toute seule pour « séparer la construction d'une famille de l'amour romantique ».

Sans commentaire, je regardais par la fenêtre le ciel dégagé de la porte de Vanves. Le réel, c'est quand on se cogne, dit votre ami Lacan, oui, d'où l'importance qu'il reste des murs à certains endroits, non ? Qu'on ne casse pas tous les repères. Non ? Si ? Pour Sacha, l'intime était politique. Et l'écouter donnait à toute personne de mon âge l'impression d'être cousue en fils conservateurs. Et de parler avec de la chantilly plein la bouche. « Ah ouais, l'enfant, c'est devenu un projet perso au même titre que les cours de poterie, maintenant ? » Sacha écarquillait les yeux et j'éclatais de rire. Elle se moquait de ce qu'elle appelait ma « réplique de boomeuse » : « Il ne faut pas faire de généralités. » Les flics sont racistes ? « Il ne faut pas faire de généralités. » Les hommes sont des violeurs ? « Il ne faut pas faire de généralités. » L'humanité s'autodétruit ? « Il ne faut pas faire de généralités. » C'est la généralisation qui mène à l'action, disait-elle.

Je crois qu'elle aimait mon paradoxe, mon côté star de la télé assumée (elle m'appelait « Queen Léo ») avec, en arrière-plan, derrière moi, une vague Hokusai de nostalgie, prête à s'abattre. Elle avait deviné avant moi qu'un naufrage mélancolique m'attendait. Quant à moi, j'avais fini par m'attacher. Je m'étais mise à respecter son énergie professionnelle parce qu'il faut admettre que, lorsqu'elle n'était pas en RTT, cette fille avait le feu du journalisme. Elle enchaînait les bons reportages et imposait des enquêtes à l'antenne sans avoir l'air de réaliser que le prix Albert-Londres ne passerait pas par chez nous. L'enquête, qui est le seul format journalistique à avoir un impact immédiat sur la société (et encore, lorsque la société est elle-même prête à changer), se pratiquait dans une poignée de rédactions parisiennes, mais pas du tout à *Bonne journée !*, où l'info était conçue comme un menu au restaurant.

La matinale devait rester un espace de sourire. Il ne fallait pas matraquer les gens avec de mauvaises nouvelles. La somme des malheurs devait être négative. « Rothko oui, pas Soulages », disait Alexis. « Il faut parler des trains qui arrivent à l'heure », complétait Aristote. Quand la gauche était au pouvoir, la matinale était à gauche. Quand la droite passait, des microchangements, imperceptibles, nous réalignaient. Nous dérivions doucement, comme la banquise, notre inconscient changeait de couleur politique, des chroniques étaient rallongées, d'autres raccourcies. Mais Sacha, elle, ne déviait pas. Elle ne négociait pas ses convictions. Notre journalisme de salon ne lui suffirait pas longtemps. Les jeudis, je restais au cube et elle m'aidait désormais à préparer l'émission du lendemain (que je présentais seule). Je l'induisais en tentation. Elle me rapportait des ragots :

— Laurie te trouve inculte.

— C'est exagéré.

— Elle dit que tu couches avec Alexis.

— Elle n'a pas joui depuis 1992, et c'était avec *Lagarde et Michard*.

Sacha se bouchait les oreilles, faisait semblant de partir, puis revenait sur ses pas.

— Non mais sérieux ? Tu couches avec Alexis ?

— Sérieux, ça nous est arrivé. La dernière fois, c'était il y a deux semaines et c'était plus triste qu'excitant.

— T'es beaucoup mieux que lui.

— Je sais.

L'après-midi passait comme ça. On bavardait pendant qu'elle cherchait pour moi des images d'archives en repoussant mes saucissons et en vidant des sachets d'abricots secs. Je décollais vers 16 heures, elle restait plus tard. En quittant mon bureau, elle laissait des petits dessins, style BD, sur lesquels j'étais représentée, disant dans une bulle : « Il faut que je fasse attention à ne pas devenir une caricature de moi-même ! »

En dessous, j'écrivais au feutre : « C'est impossible à la télé. »

En février 2022, une histoire a définitivement scellé notre amitié. Un vendredi matin, je devais recevoir le jeune maire RN d'une ville du Jura, mais je m'étais rendu compte, me voyant en train de ne pas préparer l'entretien, que le fascisme s'était normalisé dans ma tête. Dix ans auparavant, j'aurais fait relire mes questions à tout Paris et préparé des réponses à ses réponses à lui, l'élu d'extrême droite sans âge ou plutôt vieux depuis ses 16 ans. J'aurais passé des coups de fil et testé des formules : « Vous n'avez pas honte ! » En marchant dans la rue, je me serais rêvée mettant sa haine à nu. Moi et lui sur un ring, moi le battant par KO. J'étais maintenant confrontée à deux problèmes.

Le premier, c'est que la matrice raciste du RN était niée, contredite, camouflée par les cadres du parti, enfouie sous un tas d'éléments de langage liés au protectionnisme. L'état-major du RN était *media-trainé* comme un bodybuilder malade. Pendant que je dormais, pendant que je mangeais, il s'entraînait à accabler l'étranger tout en prétendant ne pas lui en vouloir personnellement. Il fallait désormais donner de grands coups de pioche pour atteindre la couche de haine et, je l'avoue, je ne me donnais plus cette peine. D'autant que, deuxième problème, grâce à cette nouvelle présentation, le RN était désormais considéré comme un parti comme les autres par une majorité de Français. Me formaliser du racisme, de la xénophobie ou de l'islamophobie du RN, équivalait à rabâcher un vieux secret devant une famille qui ne veut rien entendre. *Tu vas pas encore gâcher le repas avec cette histoire d'inceste, si ?* À la fin, je risquais de passer pour une déséquilibrée, une journaliste bloquée sur un logiciel antifa d'il y a mille ans, bonne à interner.

Défendre les immigrés était passé de mode.

Donc la veille de l'entretien, alors que l'élection présidentielle approchait et que Marine Le Pen pouvait la gagner, je ne travaillais pas plus que ça. De toute façon, on parlerait de Macron. Assise par terre dans la cabine téléphonique vintage dont le combiné ne marchait pas, je discutais avec Vanessa sur mon téléphone portable. Vous vous souvenez de mon amie de TF1 ? Son prénom doit figurer tout en haut de votre fiche. Alexis n'étant pas de retour avant lundi, j'étais détendue. Avec mon éternel bonnet en cachemire rose sur la tête, je ressemblais à une adolescente ou à une meuf de la télé qui survole les essais politiques (gloire aux tables des matières) et je parlais à mon amie des prochaines vacances d'été, les premières seule avec mes enfants. J'avais peur qu'ils s'ennuient avec moi qui suis physiquement molle, mais atrocement rigide sur l'organisation. L'inverse de leur père qui organise des foots sur la plage et des soirées cinéma d'où l'on rentre tard, à vélo, en chantant. Je suis une fille unique ayant vieilli, et le thème musical de notre enfance revient de plus en plus fort tout au long de notre vie, disais-je à Vanessa, qui se retenait de poser toute une liste de questions sur son appartement.

« Et Alexis ? » Non, pas Alexis justement. Je lui racontais qu'il m'ignorait sans rompre. Je m'en plaignais. Je lui parlais de mes crises d'angoisse nocturnes. Lui décrivais le radeau qu'était devenu son futon, cet hiver-là. Dites-moi, vous, c'est quoi l'angoisse ? Un refoulement qui n'opère plus – une trappe ouverte sur des pensées insurmontables ? La prise de conscience de l'absurdité de la vie qu'on mène ? Une dispute bruyante entre le corps et l'âme ? Une surcharge mentale sans débouchés ? Un chemin neuronal créé dans la petite enfance, quand les parents criaient au-dessus du berceau, qui se réactive quand tout va mal ? Mon amie silencieuse ne me reconnaissait pas. Elle était vexée que je ne lui pose aucune question sur Washington. Elle préférait la Léo d'avant, qui parlait de « next step professionnel » en buvant du prosecco.

Pendant ce coup de fil, mon regard s'est posé sur Sacha, assise en tailleur sur mon bureau, de plus en plus à l'aise avec mes affaires. Elle regardait de vieilles images de Jean-Marie Le Pen sur mon ordinateur portable pour préparer l'entretien dont je me foutais. D'un coup, elle s'est levée et désarticulée, comme si elle cherchait à tester son équilibre sur une musique dodécaphonique. J'ai décrit la scène à Vanessa. J'ai dit : « Attends, Sacha convulse, là, je fais quoi ? » Puis « attends, attends, je regarde si elle se calme, tu patientes cinq minutes ? ». La longue mèche noire de Sacha se balançait comme un métronome à l'envers. J'ai fini par mettre fin au coup de fil, lequel n'avait plus de sève parce que j'avais trop longtemps parlé seule.

Je suis sortie de la cabine : « Il se passe quoi, là, Sachou ? Tu as été piquée par une punaise de lit ? » Elle a marmonné quelque chose d'incompréhensible, comme si la bonne prononciation des mots n'était plus nécessaire entre nous. J'ai demandé des précisions. En gros, j'ai compris qu'elle avait entendu Le Pen se défendre de tout antisémitisme en citant le nom de l'élu que j'allais recevoir, « le même que celui du fondateur de la Licra ». Mon invité était connu pour être proche d'un ami de jeunesse de Marine Le Pen, néonazi. Et la Licra, bon, vous le savez, c'est l'association de lutte contre l'antisémitisme. Des larmes coulaient sur les joues sphériques de Sacha. Un boulet de canon qui pleure. Après avoir passé sa manche sur son visage et reniflé cinq fois sans que le désir de se moucher la traverse, elle s'est agenouillée devant moi et m'a suppliée en joignant ses mains d'interroger « ce facho » sur sa judéité, ce que j'ai catégoriquement refusé de faire.

— Sachou, la crise d'ado s'arrête aujourd'hui. Je comprends que ça te touche, mais c'est sa vie privée. Tu es folle. Par ailleurs, renseigne-toi, ça fait longtemps qu'il y a des Juifs au RN.

Le lendemain, après une émission un peu tendue où l'élu RN m'avait semblé bon (mais avais-je assez travaillé ?), j'avais vu Sacha, qui n'arrivait jamais avant 9 heures, foncer tout droit vers le plateau. Elle portait un jean troué et un tee-shirt extralarge des Beatles. Mon invité avait l'air cent fois plus raisonnable qu'elle, avec son costume. Elle lui avait barré la route de la cafétéria. « T'es juif ? » La question avait fait le bruit de deux lames qui se frottent. « Pas tout à fait », lui avait répondu le maire, en souriant de façon ambiguë. Sa mère n'était pas juive et son père l'était sans pratiquer, et non, il n'avait aucun lien de parenté avec le père de la Licra. Ni circoncision, ni bar-mitsvah ? avait demandé Sacha. Ni l'un ni l'autre, avait-il répondu. « Bien », avait-elle dit avant d'arracher des bras de son assistant son long manteau camel et de le lui lancer dessus, façon de dire : dehors. « La prochaine fois que Jean-Marie Le Pen joue avec les homonymes et l'antiracisme, je vais à Montretout lui atomiser la tête, voilà », avait-elle crié avant de s'éloigner avec le dos barré du mot HELP.

Plus tard dans la journée, j'avais appris par Aristote, mon producteur, que l'élu lepéniste avait appelé la direction de France Télévisions pour se plaindre d'une « fille insultante avec une queue de rat ». J'avais dû me fendre d'un SMS d'excuses au bonhomme, plaidant la jeunesse, la judéité de Sacha, une grand-mère ayant perdu sa mère à Bergen-Belsen, puis ça s'était tassé. Depuis cette scène, je priais Sacha, comme un service, de ne pas demander à mes invités s'ils étaient circoncis. « Ce sont les nazis qui baissaient les pantalons. » Elle faisait des gros yeux : « Tais-toi donc, tu nazifies une Juive ! » Mais tout passait désormais par la tendresse. Quand elle rédigeait des demandes d'entretien à partir de notes que je lui laissais sur des fiches Bristol, je riais nerveusement devant le résultat. Toutes ses propositions étaient des ébauches de discours militants. Et au passage, mon paquet de fiches Bristol diminuait beaucoup trop vite : elle me les volait.

En y repensant, Sacha avait raison d'être en colère. Sur le RN, Alexis et moi avions baissé les bras. Nous ne savions plus par quel bout le prendre, nous étions empêtrés dans des injonctions paradoxales.

Si nous étions agressifs, ou même seulement offensifs, le parti, Twitter, CNews, les boucles Telegram nous reprocheraient d'insulter 30 % de la population française, qui est aussi la plus délaissée (si on met de côté le sud de la France). Le RN appellerait au boycott, nous traiterait de militants, d'encartés, de gauchistes payés par les impôts des Français alors qu'on était à peine de gauche, presque à droite. Dans la foulée, je recevrais un SMS catastrophé d'Aristote : *La matinale est sur le service public, elle est financée par la redevance. Elle doit rester le lieu du débat apaisé. Quel mot tu ne comprends pas là-dedans ? Ni de droite ni de gauche. Il faut être irréprochable !!!* Sur les plateaux de télévision, la conscience avait disparu, remplacée par un égalitarisme radical.

Si nous rappelions le passé du parti ou que nous relevions les propos antisémites ou racistes de tel ou tel candidat, on nous accusait de chercher à « rediaboliser » le RN, de façon caricaturale, bornée, passéiste, contre-productive. Les années « cordon sanitaire » étaient si loin qu'il fallait se pincer devant Wikipedia pour y croire.

Si nous étions didactiques et que nous épluchions les programmes, les téléspectateurs nous trouvaient condescendants. Nous nous comportions comme des forces oppressives et savantes dans un monde taillé pour nous.

Si nous étions courtois, nous donnions l'impression de danser un slow avec l'extrême droite. Les élus RN avaient le don d'abolir les distances. Dans les couloirs d'AZ, je devais battre froid au numéro deux du parti. Je le connaissais depuis des années, quand il se disait gaulliste social et jurait en roulant des yeux que jamais, non, jamais il ne rejoindrait « les héritiers de l'OAS », mais était-ce une raison pour me toucher le bras ? Quant à la position intermédiaire, ni agressive ni chaleureuse, celle recommandée par la chaîne, elle était intenable. On a beau dire, il est impossible d'interroger le RN « comme les autres partis » puisqu'il ne l'est pas. C'est un vœu pieux. En entretien, un ton moralisateur finissait toujours par nous échapper. On passait alors pour des parents faibles, contrits, qui désapprouvent sans sévir.

Au fond, je pense que nous nous sentions coupables. Les fringues que nous portions, la grande maison d'Alexis sur le mont Saint-Clair au-dessus du musée Brassens (le RN était en tête à Sète), mes parents à Fontainebleau, Sciences Po Paris, la tante actrice de Marcus, les vacances en Italie, les taxis-motos, autant de boulets qu'on traînait aux pieds à chaque interview. Nous étions les élites de leur discours anti-élites. À la fois la cible et l'intervieweur. Il aurait fallu être plus démunis. Ou meilleurs sur la TVA, les directives européennes, les lois douanières et la Constitution polonaise ? Sur le terrain technique, on le sait, le RN s'effondre. Mais l'y amener, le sortir de ses éléments de langage, est devenu un tour de force. Il faudrait travailler deux fois plus qu'eux, mais on a d'autres choses à faire. Et puis, vieillir nuit au journalisme. On accumule des biens, des enfants, des migraines, on n'a plus le temps de se spécialiser.

[SILENCE]

En février, j'ai continué à perdre foi en mon métier. Je n'aurais osé le dire à personne, mais je ne finissais plus les journaux. La politique, telle qu'on l'écrivait, était en train de me quitter. J'avais aimé cette prose, la profusion d'éléments de langage, l'analyse maniaque des rapports de forces, le commentaire du commentaire, l'anecdote qui combine une heure de la journée et un plat en sauce. « Il était 14 heures, François Hollande mangeait du canard laqué lorsque Bernard Cazeneuve est entré dans son bureau » (incipit d'une enquête de *L'Express* sur la crise du socialisme). Les politiques donnent aux journalistes le moins intéressant d'eux-mêmes. Eux vivent, ils prennent des risques, et nous on prend en note leurs mensonges. Le journalisme politique bénéficie d'un vernis intellectuel. Usurpé : le métier est lourdingue. Il s'agit d'obtenir des *scènes*. J'avais su y faire. Promener mon oreille et mon décolleté dans les meetings, déjeuner, flatter, sous-entendre, regarder par en dessous, couper la parole, insister sans tomber dans l'agressivité pure, le piège, et puis, après tout ça, assumer le direct et les critiques…

Depuis que j'étais devenue célèbre, mes consœurs passaient leur temps à me diffamer. Mes interviews restaient en surface, disaient-elles. En dehors de la politique, j'étais nulle. Pas assez féministe, intello, radicale, ceci ou cela. Pas assez de gauche, alors que je défie quiconque de dire ce que je suis, je ne le sais pas moi-même. Ces filles faisaient semblant d'ignorer la règle RH selon laquelle seuls les gens comme moi montent dans la hiérarchie. Les entreprises n'aiment pas les bourdieusiennes, les hypersensibles, les spécialistes, les militantes, les révoltées, les victimaires, les fragiles, les inconnues au bataillon.

Dans l'appartement de Barbès, je m'endormais sur le menu avalé par Macron à la cantine du collège de Guéret, Creuse, près d'une ministre de l'Éducation sur la sellette. Et dans mes rêves apparaissait Sacha, ma nouvelle conscience, qui m'imitait en train de divaguer sur la « popol », politique politicienne, dont la focale est réglée sur la stratégie.

— Tu crois que Macron va remanier ?

— Son entourage le laisse entendre.

— Bidulette subit des recadrages quotidiens de l'Élysée.

— Si la maire de Reims réseaute, c'est qu'elle y croit à l'heure des derniers arbitrages !

En dehors de la matinale, il m'apparaissait de plus en plus clairement qu'AZ Productions fabriquait le pire de la télévision. *Bonne nuit !* était présenté par un duo de quinquagénaires qui portaient des noms de détectives privés dont les affaires ne marchaient pas fort. Une nuit, Paulette et moi nous étions retrouvées à écouter l'interview d'une actrice venue parler de son premier roman, un couple pris dans une spirale de destruction. Les deux molosses aux cheveux cendrés s'étaient déchaînés sur elle.

— C'est du vécu ?

— Vous n'avez jamais été frappée ?

— Comment vous en êtes-vous sortie ?

— Vous êtes passée par le roman. Pourquoi ne pas avoir décidé de nommer les gens ?

— Pardon, le mouvement MeToo, c'est nommer les gens, les personnalités, vous ne vouliez pas aller jusque-là ?

— Vous n'êtes pas encore sous emprise ? Parce que nommer les gens, c'est avertir…

— Vous l'avez connue, cette folie ?

Paulette avait dit : « Ils sont vraiment cons ces deux-là. »

J'avais dit : « Ouais, c'est la honte. »

En vérité, je ne me sentais plus si loin d'eux.

[SOUPIR]

Le 21 février 2022, à 11 heures, j'avais rendez-vous (un rite mensuel) avec mon *groupe de déjeuner*. Après une longue somnolence, il avait fallu rerouler hors du lit comme un panda, me changer et me remaquiller. Dans l'entrée, j'ai repêché mon manteau et l'ai secoué pour le revitaliser, j'ai épousseté mon sac, enclenché le mode « grande dame de la télé », rallié le Select en taxi G7 et constaté une nouvelle fois que personne ne conduisait aussi bien que Ricardo. Une immense flemme m'accablait. Pour me donner du courage, j'ai pensé : *Avoir un métier qui consiste à déjeuner avec Jean-François Copé, il y a pire. Mammographier des femmes de 50 ans, c'est pire.*

Avec Copé, on ne s'ennuyait pas. On bouffait des ravioles pendant qu'il snipait le tout-Paris. Après chaque vanne, il scrutait les yeux des journalistes pour y attraper les étincelles amusées et les ranger dans un sac d'amour-propre signé *Super-Copé.* Puis il changeait de registre. L'heure n'était plus à la blague, soudain. L'heure était grave, soudain. Macron n'était plus un fin stratège, mais le fossoyeur de son camp politique. Et dans ces moments de plainte où d'autres étaient rendus responsables du loupé de son destin national, j'entendais résonner la voix de sa mère. Une mère ambitieuse, qui, disait-on, lui avait un jour préparé un gâteau d'anniversaire en forme de palais de l'Élysée. Mais la pâtisserie n'est pas magique et rien ne s'était passé comme prévu. *Sa carrière n'aura été qu'une longue, interminable, traversée du désert,* ai-je pensé en payant le taxi avec mon téléphone.

Ce déjeuner serait, sans que j'en aie conscience, mon dernier repas de journaliste politique.

Je me souviens d'avoir eu peur d'arriver la première. En tête à tête, Copé déroule toujours sur le brie de Meaux et sa fête annuelle « Brie Happy ». Une fois qu'il est lancé, on peut engager son esprit ailleurs, dans la résolution d'un problème familial à ramifications, mais au début, il faut rester concentré pour s'assurer qu'il ne dévie pas sur ses autres sujets favoris que sont le record de caméras de surveillance dans sa ville, ou sa femme, son grand amour. *Déjeuner à Paris, cela le sort,* ai-je pensé en le localisant au fond de la brasserie, seul, le regard vide. « Le pauvre… On est son animation », ai-je dit à voix haute en lui faisant un petit signe de la main à travers la vitre. Je ne pensais pas que cela lui arriverait aussi, de vieillir, mais comme Javier Bardem, ça y est, on y était. Cet homme, autrefois noir et ambre, avait été passé à la bombe blanche. Un mur de chaux avait recouvert l'Algérie de sa mère. Son visage était devenu granuleux, comme un coquillage calcifié, mais il restait cordial et s'est éclairé à mon approche.

Jean-François Copé était content de se souvenir de mon prénom. « Je vous sers du vin, Léonore ? » Il avait rempli un verre à ras bord sans attendre ma réponse. La production de brie, qui avait baissé pendant le Covid, ne remontait pas, s'était-il lamenté, parce que premièrement… Heureusement, les autres journalistes étaient arrivés, même, surprise, celui de *L'Opinion* que l'équipe de Copé avait blacklisté pendant une éternité.

Au dessert, nous avons parlé de fiscalité et notre hôte s'est mis à mimer un Français asphyxié par les impôts. Il a serré son cou de ses deux mains et il a fait semblant d'agoniser, il a produit des borborygmes en se balançant sur sa chaise, dans l'esprit de Christian Clavier. Les journalistes souriaient poliment entre deux bouchées d'un fondant au chocolat de la surface d'une pièce de deux euros. Et puis, à force d'en faire trop, Copé est tombé sur le côté. Son pied droit a fait un tour sur lui-même contre le sol, un enroulé si vous voulez, qui lui a fait si mal qu'il a ouvert la bouche sans crier. Nous, les journalistes, avons posé nos cuillères et nos stylos. L'homme de droite était étendu sur le sol. Le silence qui régnait dans la salle était de nature scolaire, comme quand un directeur s'apprête à passer un savon à des enfants de 9 ans.

Puis Copé a bougé. Il s'est rabattu sur le ventre, s'est mis à quatre pattes, a essayé de se relever, mais ses mains glissaient sur le parquet verni du restaurant. Nous étions au spectacle « Bambi sur la glace ». Des rires ont commencé à secouer mes confrères. Le mec de *L'Opinion* a plongé sa tête dans son pull. Enfin, nous avons vu Violette, la jeune attachée de presse de Copé, se précipiter sur lui, décidée à venir à son secours. J'avais oublié l'existence de Violette, qui se cache toujours derrière JFC comme si elle redoutait un coup de vent, et n'intervient dans la conversation que pour murmurer « ça, c'est off, Jean-François » avant qu'il ne le répète lui-même à un volume normal, et que les journalistes hochent la tête (« d'accord, on l'écrira pas »).

Violette s'est accroupie. Le visage de Jean-François Copé, tourné vers elle, trahissait la tentation de la rendre responsable de la chute. *N'y avait-il pas moyen dans une ville aussi grande que Paris de déjeuner sur des chaises correctes, Violette ?* Elle l'a soulevé par les aisselles en râlant : « Utilisez vos jambes, Jean-François, sinon je vais pas y arriver. » Il a répondu : « Dites, vous êtes assez payée pour soulever tout mon poids et sans râler en plus. » Leur Kama-sutra ne donnait rien alors il l'a repoussée, il a rebasculé sur les fesses et il est resté assis par terre. Ça y est, il faisait le clown. Il m'a regardée pour voir si je souriais. Je souriais, on se souriait, jusqu'à ce que son regard se décale d'un millimètre sur la droite. J'ai tourné la tête. Yvonne, la journaliste qui arrivait toujours pour le café, arrivait pour le café.

Ces derniers temps, tout le monde ne parlait que d'elle et de ses articles géniaux. C'était une brune aux cheveux mi-longs et aux yeux clairs, 28 ans, environ. Habillée comme une Danoise, avec des vêtements sobres et bien coupés. Au *Figaro*, il y a les stars et les autres. Les stars se tirent la bourre, les autres font tapisserie. Elle était la plus jeune star que *Le Figaro* ait connue. Yvonne n'avait pas d'enfant, pas d'amis, et passait son temps à se montrer à la hauteur de l'ambition qu'on lui prêtait. Elle cachait une détermination de roquet sous l'apparence d'un mannequin balte. À l'époque, chacun de ses articles faisait événement. Froide et indulgente, Yvonne a tendu sa main au vieux roublard de la politique. Il l'a prise. Elle l'a relevé.

Plus personne ne rigolait.

Copé était ébloui. Moins que moi.

Comme le visage et le décolleté de cette fille étaient compatibles avec la télé, quelqu'un finirait par y penser. Cette évidence me clouait sur ma chaise. Dans le milieu, j'essayais de la rabaisser, « la petite nouvelle », « bébé Yvonne », mais faisant cela, je voyais tourner autour de moi les visages détourés de Nathalie Saint-Cricq et Claire Chazal, deux panneaux de fin de jeu. Les dondons de la télé m'appelaient dans leur équipe.

En février 2022, j'avais 41 ans et plus un seul homme politique ne me draguait. Dans mes moments d'optimisme, je blâmais MeToo. Il était de notoriété publique que Gérald Darmanin n'invitait plus de journaliste de sexe féminin à déjeuner au Romantica Caffé. Les temps avaient changé. Mais au fond, je savais que ça n'était pas ça. Les messages s'étaient juste déportés sur Telegram. J'étais hors jeu. Vous devez me trouver délirante avec mon âge, mais souvenez-vous du maquillage débridé qu'on m'imposait déjà. À la télé, chaque année compte triple.

Après ce déjeuner avec Copé, j'étais rentrée chez moi, jalouse d'Yvonne et désolée pour le journalisme politique. J'avais enfilé mon tee-shirt gorille, mis ma culotte gainante de quadra et sucé mon pouce jusqu'au froissage, ce qui ne m'était pas arrivé depuis l'adolescence. Cette semaine-là, les enfants étaient absents et la mer m'engloutissait toutes les nuits, encore et encore. Je me souviens que je m'étais consolée en me disant que ce métier me permettait de gagner beaucoup d'argent sans faire de mal à personne, ce qui est rare. Le soir, j'étais allée m'acheter des raviolis vapeur au restaurant chinois. Dans la rue, on m'avait reconnue plusieurs fois. À la seconde où ils vous ont dépassée, les gens croient que vous n'existez plus. Ils commentent hyper fort. « T'as vu, c'est la fille de la matinale ? » L'autre se retourne pour vérifier, vous dévisage, vous sourit.

Oui, madame, ai-je pensé, c'est bien elle, et elle est sur le point de dégoupiller.

5

Impuissance

L'ambiance du cube a changé le 24 février 2022. Les chiffres d'audience, qui se sont mis à suivre la courbe des morts en Ukraine, créaient une drôle d'excitation chez les chefs et les sous-chefs d'AZ Productions. Deux dames du marketing célébraient notre nouvelle puissance sur les réseaux sociaux avec un vibrato américain, démoralisant. Les likes s'accumulaient sur des images de guerre, créant une sensation visqueuse, comme lorsque les gens partagent sur Instagram des photos d'eux avec un mort célèbre. Des portes claquaient, donnant l'impression qu'une dispute souterraine géante avait lieu. Et cette hystérie aiguë se mêlait à une névrose inverse, une molle frustration journalistique venant de la base, qui s'élevait du sol comme de la vapeur d'eau. Une mousson mélancolique. Car la plupart des jeunes reporters étaient aigris et malheureux d'être coincés ici, porte de Vanves, quand deux d'entre eux avaient été désignés pour aller en Ukraine dans l'admiration générale.

Ces jeunes traversaient leur première période d'abattement. *Ai-je fait ce métier pour monter des zooms d'actu ?* On les voyait circuler dans le cube avec les épaules basses. Faire une blague cynique, puis essuyer une larme. Choisir les desserts les plus gras de la cafétéria, avec de la crème anglaise. Sacha ne faisait même plus rouler sa chaise. Elle ne partait plus en reportage en France parce qu'on avait besoin d'elle ici, à Paris, pour visionner des banques d'images où la guerre tournait à l'infini. Elle devait concevoir des formats pédagogiques avec des cartes incrustées. Elle les montait avec son profil de bouledogue contrarié. Son pied de caméra était rangé sous son bureau, assommé ou mort. À mon niveau, je comprenais son « seum », puisque les duplex de Maryse Burgot, en direct de Kiev, me mettaient dans le mal. Inondant les réseaux sociaux, ils généraient des « encore » et des « bravo ». Je les regardais, les fesses posées sur ma chaise, en plissant les yeux et en cherchant des fautes de français (comme mon père). Mon problème est que je ne voyais que du courage.

— Maryse, c'est le pire, disais-je à Sacha.

— Non le pire, c'est Irina, répondait-elle, affirmative.

Irina cumulait les inconvénients, c'est vrai. Définitions d'Irina : 1. Très belle jeune femme avec des cheveux blonds dégringolant d'une casquette Harvard couleur brique, l'accroc étant le bien-fondé de cette casquette, sa légitimité, la fille ayant passé deux ans à Cambridge dans le cadre d'une formation diplômante (source : LinkedIn). 2. Ovni parmi les jeunes journalistes de gauche. Lectrice d'auteurs de droite (Paul Morand, Roger Nimier), notoirement anti-néoféministe. J'attends d'un mec, disait-elle, qu'il ne quitte jamais le premier degré (marrante). 3. Partante pour tout. 4. Russophone. Mais on rappelle que c'est sa langue maternelle, ajoutait Sacha, qui haïssait ce passe-droit et, plus généralement, l'aristocratie des polyglottes, elle qui parlait mal anglais et qui portait un nom terreux, sans charme, depuis qu'il avait été « belgisé » par ses ancêtres juifs. Sacha comptait sur ses doigts : le russe avait rapporté à Irina un 20 au bac, une admission à Sciences Po (dans sa promotion), il lui permettait de lire Tchekhov dans le texte, et il était sur le point de faire décoller sa carrière professionnelle. « L'envol se déroule sous nos yeux », ajoutait mon amie en faisant l'avion avec sa main.

Bien qu'Irina soit une journaliste novice, une Franco-Russe dont la connaissance de la guerre s'arrêtait aux canons des Invalides, Aristote avait décidé entre deux portes et deux SMS qu'on l'enverrait en Ukraine pour *Bonne journée !* avec Richard, un trentenaire ayant couvert de nombreux conflits en Afrique. Richard, une tête de Breton avec des cheveux rasés et un éternel pull marin. Un JRI efficace – pour info, un JRI c'est un caméraman. Syndiqué. Pas drôle. L'homme de terrain par excellence. Elle devant la caméra, lui derrière, avait résumé Aristote en faisant des gestes flous. Le problème de ce duo, c'est qu'il était fâché avant de monter sur scène. État : Simon et Garfunkel en 1970. Vous avez une tête à tout savoir de cette dispute, je me trompe ? Mais vous aimez encore plus Leonard Cohen, je me trompe ? En tout cas, notre couple d'envoyés spéciaux faisait de curieux détours pour ne jamais se croiser dans le cube. Peut-être avaient-ils couché ensemble. Quand l'un s'approchait par nécessité, l'autre faisait tomber un cahier par terre. Peut-être pas. La veille de leur départ, Richard respirait la frustration de devoir babysitter sur une zone de guerre cette poupée

Barbie n'insultant pas assez Poutine à son goût. Il déplaçait son matériel en grognant. En col roulé fuchsia sous une veste militaire à mille poches, Irina semait partout le champ lexical du reportage de guerre. *Où est mon gilet pare-balles ? On a des casques ? J'appelle le fixeur.*

« C'est elle que tu devray déjeuner avec, elle a dé l'avenir, cette petite », raillait Sacha avec l'accent yiddish de son arrière-grand-mère. En me parlant, elle découpait des barres de chocolat équitable, puis, à la fin d'une phrase, avalait tous les morceaux en même temps. Je ne disais rien sur ces fringales parce que j'étais pas la dernière à manger n'importe quoi et qu'au début de notre amitié elle m'avait reproché de faire *beaucoup trop de commentaires sur le corps des gens*, ce qui m'avait vexée. J'y avais ensuite pensé sans y réfléchir, ce qui était souvent le cas avec les reproches qu'on me faisait. S'envoyer des barres de chocolat bio dans la gorge, c'était quand même sauvage. « C'est du cacao responsable », se défendait Sacha en mars, alors qu'on ne se quittait plus et qu'on revenait sans cesse au sujet Irina, que l'Ukraine avait rendue autoritaire.

De son hôtel à Kiev, Irina nous envoyait, à Aristote, à Alexis et à moi, des SMS de larbin : « Ça grouille de journalistes ici, il faut passer mon reportage sur les viols de guerre ce matin sans faute. Le *New York Times* est dessus. Personne n'en a encore parlé, dépêchez-vous, bon Dieu, on va se faire griller. Bistro ! » Il est étonnant de constater qu'être les premiers à sortir une info reste un objectif journalistique même lorsque l'info a muté en drame qui porte en lui la tristesse du monde et l'imminence de sa fin. (Info exclusive : le Soleil explosera dans trois minutes.) Les grands reporters pensent qu'ils écrivent l'histoire alors qu'ils courent après, disais-je à Sacha, pour la consoler d'être coincée à Paris. « Je les envie de le penser », avait-elle répondu, lasse, avant de poser sa main sur la mienne :

— T'aimes encore ton métier, toi ?

— Bah oui, bien sûr, pourquoi ?

— Parce que tu as le visage blanc et les yeux rouges. On dirait mon chat avant de mourir.

— Je fais des cauchemars.

— Ta relation avec Alexis a l'air de te pourrir la vie.

— Disons que son humeur est changeante et que ça me fatigue d'interpréter la moindre de ses intonations, oui.

— Tu crois pas que tu pourrais débrancher ton anxiété de cette histoire toxique ?

— Et la regarder en face, tu veux dire ?

— Oui et lui parler. Lui dire qu'elle ne te protège de rien. Tu as pensé à essayer les médicaments ?

— Ça me fait peur et, malgré les cauchemars, mon moral est bon. Je n'en suis pas là.

— Alors tu ne pourrais pas te faire arrêter quelques semaines ?

— Et qui présenterait la matinale ?

— Je sais pas, on s'en fout. Quelqu'un.

— Quelqu'un ? T'es marrante, toi. Ce n'est pas le moment pour moi, Sacha. J'ai 41 ans, si je me fais remplacer maintenant, je suis foutue.

— Depuis quand est-ce que tu te sens à ce point sur un siège éjectable ?

— Oh ma poulette, si tu savais. Depuis environ le début.

Et ce jour-là, je lui ai raconté Morzine. En décembre 2018, quatre mois après mon embauche au Trocadéro, j'avais été invitée à passer le Nouvel An dans le chalet d'Aristote, avec plein de gens de la télé et Luc Ballon, un réalisateur tout juste accusé de viol. Le lendemain de mon arrivée, nous avions été réveillés par l'engin des neiges qui lissait le terrain en vue de l'atterrissage de son hélicoptère. Quand j'avais regardé par la fenêtre, la machine faisait des tours sur elle-même dans ce qui ressemblait à une révolte féministe. Et puis finalement non, son va-et-vient patriarcal avait repris. Ce matin-là, il m'avait fallu une éternité pour m'habiller dans l'amas de laine, de duvet et de nylon des sports d'hiver.

Dans la salle à manger, j'avais trouvé un Aristote speed, fouetté par son statut d'hôte ou pas descendu des drogues de la veille. Il débitait des phrases au rythme où Amazon dégorge des colis. Que Luc Ballon avait été innocenté. Que la plaignante était une wannabe comédienne en quête d'attention, une jalouse, une frustrée, une féminazie qui couchait avec tout le monde et qui avait même essayé avec lui, une fois. Les autres invités arrivaient, s'installaient petit à petit à table, paraissant trouver ça normal qu'on parle de sexe et de violence au réveil, souriaient. À peine assis, mon voisin, un directeur de M6, s'était penché vers moi pour me demander quel était mon film préféré de Luc Ballon. J'avais dit « tous » pour m'en débarrasser, je n'aime pas les questions de culture générale. Notre assemblée était faite d'êtres en combinaisons vintage ultracolorées. D'humains redevables, acquis avec des viennoiseries, des tartiflettes et des forfaits demi-journée déjà réglés.

Je parlais peu parce que j'avais du mal à me remettre de l'annulation d'Alexis. On bossait ensemble depuis trois mois et je l'aimais depuis le deuxième jour, quand je l'avais surpris en train d'air-trompetter Miles Davis dans son bureau en plexiglas, alors qu'il croyait que j'étais partie m'habiller. Tu es où, lui avais-je écrit, le matin du départ, une fois installée dans le train pour Cluses. Désolé, mille raisons de ne pas venir, m'avait-il répondu alors que nous avions pris nos billets ensemble pour être à côté. Je n'avais pas osé lui demander de les énumérer, j'avais joué avec la lampe du siège, abattue.

« Oh non pas la lampe », a dit Sacha en rigolant.

À Morzine, les grandes fenêtres de la salle à manger donnaient sur des hordes de sapins enneigés. La table en pin était longue avec des bancs en bois veiné de part et d'autre. Nous étions une quinzaine. En me resservant du café, j'avais vidé la cafetière en métal, mais j'étais la seule à le savoir. L'attention générale était tournée vers Aristote, toujours en plein monologue sociétal. Depuis MeToo, disait-il, le viol était passé du rapport imposé par la force à toute relation sexuelle non pleinement consentie... Or lui en avait eu des tonnes, des rapports volés, précipités, négociés, obtenus par l'éloquence, l'insistance, le mépris, un troisième restaurant, le fatal troisième restaurant, un hôtel bien placé à Cannes, à Los Angeles, ou un classique « t'as vu ce que tu me fais, tu peux pas me laisser comme ça ».

« Attends, mais c'est chaud, il tenait ces propos devant tout le monde ? » a demandé Sacha. Oui. Selon Aristote, le consentement était « aussi variable que les émotions amoureuses au début d'une relation » et « il fallait interpréter plus globalement ». La sexualité n'est pas le royaume du clair, disait-il en recouvrant sa tartine grillée de beurre, la rendant ainsi plus claire que sa sexualité. C'est celui du pouvoir, avais-je pensé, moi qui n'avais jamais utilisé une carte bleue pour coucher avec quelqu'un. « Moi non plus », a dit Sacha, et pardon pour la digression, ce n'est pas votre sujet, ou si, mais je lui ai raconté mes trois souvenirs de « sexualité problématique ».

D'abord, un garçon blond de 16 ans dressé comme un I entre mes jambes. Le garçon des roulés chocolat-framboise, celui devenu influenceur châteaux sur Instagram. Parce que j'ai mal, me ferme, c'est la première fois, il me dit : « Tu n'es pas courageuse. » À ce moment-là de ma vie, c'est ce qu'il me dit. J'ai envie de pleurer, mais cela confirmerait mon manque de courage. Je me tais et le dépucelage se poursuit comme une opération militaire. Moralement, on ne peut pas demander à des troupes qui viennent de s'élancer de faire demi-tour. Troupes russes, américaines, polonaises, françaises, en avant. La marche en avant, chante Sardou. Il semblerait que ça soit pareil. Ma première rencontre avec le sexe, a la fin des années 90, est teintée de cette impatience, de cette mésestime. Plus tard, dans le métro qui me ramène chez mes parents, j'oscille entre *une bonne chose de faite* et *je ne reverrai plus ce connard*. Je l'ai revu et aimé trop longtemps. Dieu sait s'il est gentil ou violent avec cette jeune femme du château, mais mes raisons d'enquêter remontent au siècle précédent.

Deux, un animateur du Club Med m'allonge sur une banquette de boîte de nuit vide, qui colle. Je passe des vacances avec une amie d'enfance. On fête le bac. Plus tôt, il m'a regardée danser sur Alliance Ethnik. Maintenant, il est à l'intérieur de moi. J'ai 18 ans et je regarde cette pénétration, sortie de mon corps, du plafond, sale lui aussi. *Qu'est-ce qui est propre dans cette pièce ?* je me demande. *Rien. C'est comme si je baisais à l'intérieur de l'oreille d'un vieux monsieur, mais je vais forcément m'en sortir, on s'en sort toujours, ce qui ne tue pas rend plus fort, etc.* Quand c'est fini, il enlève le préservatif en même temps qu'il me tend mes affaires. « Simple, mais pas funky », a dit Sacha, qui a une bonne culture musicale pour son âge.

Trois, j'ai 20 ans, je n'ai pas encore rencontré Marcus et je passe le mois de juillet à Casablanca chez une camarade de Sciences Po, drôle, très bonne élève, un peu trop scolaire. L'ascendant psychologique que son grand frère, resté faire ses études au Maroc, a sur elle, sa mère, les domestiques, se déporte sur moi de façon magique. Après un bain de minuit dans la piscine familiale, 20 mètres de long avec des rebords blancs, tout le monde part en tout sens comme à la fin d'un acte au théâtre. Sauf lui et moi. Il s'approche. Il ne me plaît pas, mais il est chez lui, j'ai dû essayer de lui plaire et cela a dû se voir. La cohérence de ma personnalité et son érection ont un intérêt commun, évident, poursuivre. Si je le rejette, il me faudra m'expliquer. Dire que parfois, et même souvent, on veut juste plaire pour être un objet de désir, ce qui donne la sensation d'être tout court. Mais là, à force d'avoir voulu plaire, bon, ce qui est drôle, c'est que c'est le contraire d'exister qui m'attend.

Je suis saisie. Tournée et retournée, manipulée comme un aspirateur cassé. Le rebord blanc du bassin racle la peau de mes fesses. Je ne hurle pas *mais merde ça suffit, dégage.* Je me laisse faire comme une poupée en coton avec de longs bras et de longues jambes. Je ne dis rien. Je n'ai rien à dire. Que « ouille ». Mais « ouille » fait bébé. Je ne sais pas dans quelle figure imposée j'ai le plus honte. Je regarde les palmiers par en dessous.

Ces expériences font le bruit de bols tibétains dans ma mémoire. « Elles me donnent l'impression d'être une cousine des préservatifs usagés de ce monde, pas plus, pas moins », ai-je dit à Sacha. Je ne les appelle pas viols dans ma tête, parce que je n'ai pas su dire non et qu'il n'y a eu ni violence physique, ni contrainte, ni menace, ni surprise, ai-je énuméré, en bonne élève. « Ah ouais. Et y a eu quoi alors ? » a demandé mon amie. Indifférence mortifère, ai-je répondu, sûre de moi. Ces types ont fermé les yeux sur une évidence, celle que j'obtempérais à contrecœur pour ne pas les décevoir. Ce ne sont pas des viols, ai-je réaffirmé, mais je suis heureuse que la question se pose et j'avoue que l'esprit Robespierre de MeToo, que j'ai toujours déploré en public, m'a exaltée, ce jour-là, en écoutant Aristote à la neige.

J'ai ressenti un frisson de joie à l'idée que de simples connards qui utilisent les femmes comme des pansements grandeur nature pour leurs béances narcissiques visitent des commissariats froids. Un autre frisson de joie à l'idée qu'un surmoi sociétal soit enfin en train d'être greffé à leurs cerveaux immatures. « Tu sais pas à quel point ça me fait plaisir de t'entendre dire ça », a dit Sacha en tournant autour du doigt sa mèche de derrière trop longue. Après ces confidences, mon amie m'a pressée de reconsidérer la violence de ces trois scènes. « Il faut de la radicalité pour que la société change, pousser le curseur au plus loin pour qu'il termine au milieu. Il faut que tout devienne viol pour redéfinir le viol », a-t-elle dit avant de poursuivre l'idée de Robespierre et de citer la nuit du 4 Août, l'abolition des privilèges qui n'aurait pas eu lieu sans la Grande Peur qui avait précédé.

Puis elle a réclamé la fin de l'histoire.

Tout le monde a débarrassé le petit-déjeuner tandis qu'Aristote continuait de décrire Luc Ballon comme le clair-obscur d'un hôtel parisien à minuit. Avec sa lumière et ses parts d'ombre, un artiste, un homme complexe, un écorché vif, ce Luc Ballon. J'ai regardé méchamment son bonnet oversize Ralph Lauren, les traces de confiture sur sa barbe de trois jours, les poils noirs jaillissant de ses oreilles, sa peau mate de mec toujours et jamais en vacances. Il s'était mis debout pour continuer de capter l'attention, mais il était si petit que la cuisinière pouvait servir à le mesurer. « Une cuisinière et demie de patriarcat », a dit Sacha.

Le soir du réveillon, Aristote n'arrêtait pas de me tenir par l'épaule nue et j'ai senti qu'il me tenait *vraiment* au creux de sa main. La suite de ma carrière ne dépendait plus de moi. M'aiderait-il à devenir ce mix d'Anne Sinclair et de Mireille Dumas qui était ma meilleure option ? Ou me virerait-il salement de l'antenne, un jour de brouillard ? Je m'interrogeais sans imaginer la chute qui m'attendait. Plus de quatre ans ont passé depuis que, dans ce chalet, j'ai dansé sur les Rita Mitsouko, pour ne pas avoir à me rasseoir à côté du péremptoire Ballon. Le génie du cinéma français parlait le buste en avant ou s'affalait sur le canapé, comme si une mystérieuse mécanique reliait sa colonne vertébrale à ses cordes vocales. Son cou trahissait son âge.

Il disait à qui voulait l'entendre que ça n'était pas sa faute si cette fille de 25 ans n'était pas devenue la star qu'elle imaginait. « Elle n'est pas une bonne actrice, elle s'est servie de moi, j'ai été manipulé par une déséquilibrée, une bipolaire délirante, c'est moi qui aurais dû porter plainte. » Je l'écoutais en passant mon poids d'une jambe à l'autre au rythme de la musique. C'est facile de renverser les torts, ai-je pensé, il suffit de dire : « Ce n'est pas moi qui te fais du mal, ce sont tes défauts qui à mon contact te font du mal. »

Ou simplement : « Tu es folle. »

« Tellement », a dit Sacha. Et je l'ai imitée, « tellement », avant de poursuivre.

Et donc, ce 31 décembre 2018, j'ai sifflé un verre de champagne sans propriétaire, posé sur une table. Luc Ballon poursuivait : « Ma famille a été salie, ma femme a été blessée. » C'était quoi, cette forme passive ? Qui a sali qui ? J'ai continué à danser mollement jusqu'à ce qu'un type de la Gaumont me chope le bras pour m'emporter dans un rock acrobatique, aussi stressant que Space Mountain. Et puis, le trou noir. Au réveil, j'étais habillée sur mon lit et courbaturée. J'ai prié pour être arrivée ici seule, mais une fois debout, un tas d'interjections de la veille sont remontées à ma conscience comme des bouchons de liège. *Tiens bien sa jambe, plus à droite, voilà, lâche-la.* J'avais aussi l'impression qu'on avait profité de ce transfert pour toucher mon corps, mes seins, mon ventre, mais je n'en étais pas sûre.

Sacha m'a pris la main.

Chez Aristote, chaque chambre avait sa couleur et sa salle de bains avec un jeu de serviettes de la couleur correspondante. J'avais obtenu la rouge, supposée être la plus belle après la jaune, attribuée à Ballon. Dans ce halo de rouge carmin, je m'étais brossé les dents quinze minutes, et avais décidé d'avancer mon départ. « Je n'ai plus jamais été invitée », ai-je conclu.

Après ce séjour, Aristote ne m'a plus jamais envoyé de fleurs. Je ne faisais plus partie de sa bande. Pour ne pas attiser le féminisme de Sacha, je n'ai pas ajouté que j'étais sûre que mon producteur ne me pardonnait pas d'avoir vieilli et grossi. Car il y avait la peau grise, mais il y avait aussi le poids. Dans les vestiaires du cube, devant un miroir de maquillage identique à celui de la salle de bains de Barbès, j'enfilais tous les matins des matières soyeuses, au-dessus de mon soutien gorge rembourré ; j'employais le mot *enfiler* mais en réalité, au niveau des fesses, je tirais dessus aussi désespérément que si j'avais voulu faire passer une tasse de thé dans un poignet de tennisman. C'était ça ou avouer ma taille 42 à la styliste, mon 38 ayant disparu dans l'éternité. Depuis mes débuts à la matinale, j'avais pris du poids tout en allant deux fois plus aux toilettes.

Quant à la guerre, elle contribuait à me rendre obsolète. Depuis le 24 février, je n'arrivais pas à lire toutes les dépêches urgentes qui portaient sur les morts. Après en avoir scanné quatre qui me transportaient dans les tranchées de l'Est, je regardais mon bureau désinfecté au Sanytol. Décidément, AZ Productions était en toc. Les cloisons, les distributeurs d'eau, les fauteuils capsules, la cabine téléphonique, les cadres jaunes avec la tête des présentateurs tapissant les couloirs, aussi glauques qu'une galerie de coupes de cheveux créée par l'intelligence artificielle. À ce stade, cela ne m'aurait pas étonnée que 10 000 camions Barbie obstruent le hall d'entrée. D'être officiellement emprisonnée dans du divertissement.

Et cette sensation d'étrangeté, irréelle, nouvelle, envahissante, ne s'arrêtait pas là. Cela ne va peut-être pas arranger mon cas si je vous dis que j'étais aussi perturbée par la silhouette des invités. Nos habituels gros députés, qui mangent tous les jours au restaurant, avaient été remplacés par des chercheurs en relations internationales, très minces. C'était perturbant. Les asperges avaient évincé les brioches.

On peut ajouter à mon malaise que la géopolitique n'étant pas mon fort, Alexis aspirait tous les entretiens dits sérieux, notamment ceux avec Pierre Servent, le Pierce Brosnan de la stratégie militaire. Son micro devenait une maxi-paille. Je me sentais inutile, balourde. À l'antenne, ma bouche prenait la forme d'une tête de pioche, avec les bords qui descendent. J'hésitais à acquiescer aux propos de l'invité (« oui, d'accord »), ne sachant pas s'il valait mieux signaler ma présence par cette phrase inutile ou me taire complètement.

Quelques jours après l'offensive russe, ma vie intime s'est alignée sur l'ambiance du cube puisque Alexis m'a larguée. Enfin, larguée, disons qu'il a laissé deux de mes messages en suspens, pour toujours.

Le premier disait : *On déjeune ensemble aujourd'hui ?*

Puis le second : *Non ?*

Je n'ai pas rerelancé. Si j'avais rerelancé, il aurait hurlé au caprice en plein chaos du monde. Comment j'osais chouiner en pleine guerre ? Et que répondre à ça ? J'ai ravalé ma honte. En ce début mars 2022, j'ai constaté que je n'avais réussi ni à me faire aimer ni à me faire respecter. L'aimer-mal vient de contrées inatteignables par le présent, me suis-je formulé pour moi-même. Un homme qui a activement rendu une femme malheureuse (la romancière de deuxième ligue) rendra les suivantes malheureuses, c'est comme ça, la loi des séries. Le temps qui passe change le pourtour des yeux et de la bouche et la fermeté du cou, mais jamais la nature des liens d'attachement.

Prenez cette baguette de verre avec du liquide rose à l'intérieur qui est supposée égayer la table basse de cette consultation. Le liquide, c'est l'empathie. Le secouer devant les yeux de quelqu'un peut lui faire croire, du rose !, qu'avec soi la vie sera une fête – et que jamais une remarque, une critique anodine ou une question ne feront basculer la journée dans le silence des cimetières. Mais cela ne dure qu'un temps, celui de la séduction. La haine de tout ce qui n'est pas sur terre pour vous satisfaire finit par se voir. J'aurais dû m'en douter, le caramel est écœurant.

Ce jour-là, je n'ai pas pu rentrer pleurer chez moi tranquillement parce que j'avais rendez-vous avec un certain Rémi, qui m'attendait sur la grande surface pour me parler des réseaux sociaux. Il devait me montrer les comptes TikTok de présentatrices américaines. Au premier étage, le garçon m'attendait dans une salle de réunion en forme d'œuf de Pâques. Dans le cube, il y a des œufs de Pâques de deux places et des salles de réunion plus grandes, qui portent des noms d'artistes *feel good.* J'ai ouvert l'œuf en disant « pardon, j'avais oublié ». Il a dit « c'est pas grave » en passant la main dans ses longs cheveux couleur blé.

Rémi portait un col roulé gris moulant, des lunettes rondes. Ses yeux étaient humides et désespérés, comme s'ils jouaient, sans qu'il puisse les arrêter, le 33-tours de la chanson « Il n'y a pas d'amour heureux ». Il a posé son ordinateur sur la table entre nous et orienté l'écran vers moi. Saoulé, mais vaillant, il m'a demandé si j'étais prête. J'ai hoché la tête et il a commencé à me présenter le réseau TikTok d'une voix monocorde. Je regardais ses muscles. « Un réseau lancé par les Chinois en 2016 et qui n'est donc plus si nouveau à l'échelle de… »

Il s'est arrêté. Sous son ordinateur traînait un numéro du *Monde* et son regard fixait la photo de une où l'on voyait une femme en jogging rouge, assise sur le sol d'un hôpital en Ukraine. Une de ses jambes était tendue, l'autre pliée. Elle regardait le mur d'en face en souriant de douleur. Son visage était crispé, son corps relâché. Un enfant en pyjama bleu avec des étoiles était recroquevillé sur elle, englobé dans ses jambes, son ventre et son torse. Il dormait. Sur la droite, ses petites chaussures roses à boucles étaient posées sur le sol. L'âme d'un autre enfant, mort plus tôt, flottait autour d'eux. Tous les trois ne s'atteindraient plus. Cette image du photographe Evgeniy Maloletka avait englouti Rémi. Je la regardais aussi, de plus en plus abattue.

Au bout d'un moment, le jeune et beau journaliste a parlé : « Je ne peux pas continuer de te parler de TikTok au-dessus de cette image. Je ne peux pas te dire, au-dessus de cette image, que le réseau accueille des vidéos de moins de trente secondes, si ? » Alors on a parlé de l'Ukraine, où il avait été à vélo, l'été d'avant. « À ton avis, combien de temps on met pour y aller ? » J'ai fait non de la tête, je l'ai déjà dit, je déteste les questions de culture générale. Il avait traversé l'Allemagne et la Pologne en cinq jours.

Au bout d'une heure, une notification a *popé* sur son écran, le forçant à se rendre à un autre endroit. « Ah mince, le mot *Snapchat* n'a même pas été prononcé », ai-je dit en souriant. J'ai proposé à Rémi de me « partager » sa présentation, comme on dit dans les entreprises. Même si ces plateformes n'avaient plus rien de nouveau, il n'avait qu'à appeler le document « Les nouveaux réseaux sociaux ». Il a dit : « Ouais, ça marche, je te fais ça. »

Nous pensions que je ne l'ouvrirais jamais. Une semaine est encore passée. Mieux vaut pour s'en souvenir basculer un lundi. Le lundi 21 mars m'a achevée.

6

Décompensation

Dans la nuit du dimanche 20 au lundi 21 mars, j'ai vu flotter des morceaux d'immeuble dans la mer hégémonique. Ils dérivaient, géants, puis j'ai compris. J'ai poussé un cri, réalisant que c'étaient des bouts de Jules-Joffrin, les moulures, les murs, le papier peint de Jules-Joffrin, cela n'a pas réveillé les enfants, mais moi je l'étais sans retour possible. Mon crâne éclairé par la lampe de chevet hébergeait un poisson nommé angoisse. La douche. Les cafés. Les céréales Trésor. Tout ça, dans un état d'hébétude.

À l'heure de partir, j'ai ressorti un blouson en fourrure extorqué à ma mère il y a des années. Devant son armoire ouverte, j'avais insisté pour le prendre. Une passion qui m'échappe, son dressing en était rempli. Comme toujours, elle s'était laissé faire. Je ne l'avais jamais porté, mais ce matin-là, le besoin de réconfort m'avait rappelé son existence dans un des cartons non défaits de l'entrée. La nuit était froide, et Ricardo s'était garé plus loin que d'habitude. Son pare-brise était embué, mais je pouvais voir ses yeux cligner. Le trajet est passé vite, sans parler, avec Laura Pausini, et je malaxais la fourrure en jouant à mon jeu *Imagine Marcus,* avec Marcus commentant le blouson en fourrure.

Royale était la conduite de Ricardo puisqu'on ne sentait ni qu'il ralentissait, ni qu'il accélérait, ni qu'il freinait, ni qu'il s'arrêtait. On ne sentait rien à part l'eau de Cologne dont il s'aspergeait au début de son service, ce qui était une perturbation minime. Cette nuit de mars, la voiture est passée dans la cour des Tuileries, devant les labyrinthes en sapin où des hommes couchent ensemble. Si je vous raconte ça, c'est parce que mon état de fragilité était tel que j'ai été prise d'une émotion liée au détournement radical des lieux, aux lieux qu'on s'approprie absolument.

J'ai aussi été émue par la Seine, qui brillait comme de la laque.

L'émotion a duré jusqu'à ce que Laura Pausini se taise. J'ai regardé autour de moi, surprise qu'on soit déjà devant le cube. J'ai rassemblé mes affaires et remonté le zip du blouson. Ricardo a commenté l'obscurité des studios, inhabituelle, l'ambiance *Faites entrer l'accusé* et c'est vrai que le bâtiment ressemblait à une télé coulée dans du pétrole. On n'avait pas non plus croisé beaucoup de voitures en chemin, alors j'ai murmuré : « Peut-être que tes filles ont raison. Les gens sont morts de la canicule. Faut dire, quelle chaleur il fait pour un mois de mars. »

La nuque de Ricardo n'a pas bougé. Les blagues sur le climat à chaque baisse de température le rendaient fou. *On ne touche pas à mes filles* est le message des nuques immobiles. J'ai posé ma main sur son épaule et murmuré « bon, au revoir mon Ricco, à demain », il a enclenché l'allume-cigare sans rien dire. À mi-chemin du bâtiment, j'ai fait mon volte-face habituel, et j'ai compris qu'il n'était pas fâché puisqu'il avait ouvert la fenêtre passager pour fumer et faire notre signe de séparation. Je l'ai déjà dit, on lève le pouce en même temps, c'est important. Après ça, j'ai repris ma route avec une main enfoncée dans mon sac, fouillant, fouillant dans les recoins, galérant à localiser ma carte magnétique. Cette fois, elle était au fond, à droite, dans la doublure. J'ai badgé et passé la porte tambour.

Dans le hall sans vie, le bouton de l'ascenseur qui devient jaune sous la pression est resté transparent. Une fois, quatre fois, dix fois, même en s'énervant. Aucun bruit de cabine ne filtrait, rien au loin n'indiquait un mouvement ou une volonté de mouvement. J'ai pensé à une coupure d'électricité, mais mon badge avait marché, et sans être une spécialiste, cela supposait que du courant irriguait certains fils. J'ai eu l'espoir de résoudre l'énigme d'un mouvement panoramique de la tête, lent et complet. Pas le début d'une explication, mais j'ai vu que Ricardo avait filé, laissant un morceau d'ombre à sa place. J'ai scotché sur l'absence de sa voiture, le vide dans le vide, avant de me résoudre à prendre l'escalier de service. Il y a, entre le hall d'un immeuble et l'étage qu'on souhaite atteindre, un lieu pour l'inhumanité, un habitat pour les psychopathes. Après une grande inspiration, j'ai ouvert la porte coupe-feu et couru aussi vite qu'on le peut lorsqu'on est poursuivi par personne. J'ai vécu ce moment critique où l'effroi provient de notre propre respiration.

Au deuxième étage, j'ai à nouveau badgé, le boîtier a fait *clic clic*, c'était le bruit du déverrouillage, puis la porte a fait *kroutch* quand j'ai baissé la poignée.

Le lampadaire, planté devant AZ, projetait un jaune teinté de vert dans les bureaux. Ce halo malade enveloppait deux silhouettes en pleine discussion. J'étais essoufflée et j'ai cru à une hallucination. Je ne m'expliquais pas la présence à cette heure-ci d'Aristote dans le cube, lui qui bossait tous les jours comme un dimanche. Quant à Alexis, il arrivait toujours après moi.

Entre le moment où j'ai lâché la porte et le moment où elle a claqué derrière moi, j'ai entendu le relief sonore de mon prénom. Je crois. Je dis je crois parce que j'ai fait de la chorale, petite, et que je confonds depuis des mots qui finissent par *or* et mon prénom. *Dehors* ou *l'effort*. Des naines sopranos m'ont niqué l'ouïe en hurlant la Neuvième de Beethoven à côté de moi, c'est comme ça. Donc je ne sais pas. Ce que je sais, c'est qu'une fois que la porte a claqué, leurs visages se sont crispés. Alexis a fait pivoter ses baskets Veja dans la moquette grise et m'a fait un signe de la main comme s'il me donnait le chiffre cinq, Aristote s'est figé. Et leur énergie conversationnelle a changé.

En m'approchant, j'ai entendu qu'ils faisaient semblant de parler du chalet d'Aristote à Morzine. Avec ce froid, disait Alexis, on doit encore pouvoir skier. Il était impossible qu'Alexis ait sacrifié une heure de sommeil pour tenir ce genre de discussion. J'ai voulu me moquer d'eux, dire « vous foutez quoi à parler météo comme un couple en excursion », mais Aristote bouffait sa lèvre inférieure. Tous deux étaient sans lunettes teintées, à nu, soudain de leurs âges, fatigués. Je les ai embrassés, deux bises chacun, en me soulevant pour Alexis, en me baissant pour Aristote. J'ai bredouillé trois mots sur la panne d'ascenseur, de lumière, mais pas de badge, ils ont dit « oui, c'est incompréhensible, certaines choses ne s'expliquent pas », puis ils ont laissé faire le goutte-à-goutte du silence.

Aristote regardait mon front comme si un insecte s'y promenait. Ma résistance à ça est faible, alors la grosse boule de fourrure que j'étais, de plus en plus consciente d'être une boule poilue, a dit : « Allez, c'est pas tout ça mais au boulot. » Comme ils me barraient la route du vestiaire, j'ai pris celle de la cafétéria en sentant leurs yeux collés à mon dos de bête. *J'irai me changer plus tard, quand on verra quelque chose.* Puis : *une pensée pour cette conversation sur la neige en mars partie trop vite.*

Au bout du couloir, le chalet de Morzine, Luc Ballon et le soir du réveillon 2018 se sont dissipés quand Paulette m'a enchaînée, « ça fait deux heures que je suis dans le noir, c'est impossible de bosser, j'hésite à rentrer chez moi, mon trésor, mais je peux pas partir comme ça, le congélateur fuit, y a de la flotte partout, la chaîne du froid est rompue, les Magnum sont foutus, regarde, j'en ai plein les doigts. Prends-les ma chérie ». J'ai dit « non merci, mais je vais t'aider, reste, on a besoin de toi, attends, je pose mes affaires et je viens t'aider, j'arrive ».

Dans mon bureau, j'ai sorti mon ordinateur de mon cabas Vuitton. J'ai pensé qu'en l'allumant la pièce allait briller de mille feux. C'était une erreur. Mon iPhone a sonné, créant une autre source de lumière ridicule, mais cette fois, cela ne m'a pas fait sourire. Les insomnies de mon fils aîné, Loup, celui qui fait des saltos arrière au lit, exaspèrent sa maladresse. Lui font perdre de vue la pédale de frein. La journée qui suit, il se cogne aux meubles et parle trop vite. J'aurais payé cher pour qu'il dorme encore à 4 h 30. Au lieu de ça, mille pensées se croisaient déjà derrière son front multi-accidenté. Il m'appelait pour savoir s'il devait réveiller son petit frère. Depuis la séparation, il n'était plus jamais sûr de rien, même de ce qu'il voulait dans son yaourt nature. J'ai dit : « Mais non, surtout pas mon grand bonhomme, c'est le milieu de la nuit, retourne vite te coucher. » Puis : « À 7 heures, tu ouvriras la porte de votre chambre pour qu'il se réveille avec les bruits du salon. » Il a dit d'accord, salut.

J'ai gardé le téléphone à l'oreille, frustrée de ne pas avoir eu le temps de lui dire d'être sage au collège. Pour ce que ça vaut. Et aussi : *Je suis désolée que tu sois tout seul.* J'ai tapoté nerveusement la touche F2 de mon clavier pour pousser la luminosité de mon ordinateur. Nul. Puis, au moment où j'allais appeler le service technique d'AZ pour hurler « hé oh, on a une émission à préparer, nous, et on est supposés faire comment dans ce trou noir », j'ai vu qu'Internet marchait. La lumière non, mais Internet oui. Mystères du cube. J'ai repoussé l'idée d'aller aider Paulette et la culpabilité de ne pas tenir parole. J'ai mis mon casque licorne sur la tête, par réflexe, alors que le silence était total, j'ai ouvert le fil AFP que j'ai scrollé en peignant ma frange avec mes doigts, puis en me grattant durement le front devant la violence des scènes décrites.

C'était trop dur. J'ai fermé mon MacBook et feuilleté la revue de presse du jour. Il y avait deux faits divers sordides dans le milieu de la drogue à Angoulême et la liste des marathons à visée caritative, de mars à juin, en Île-de-France. Merveilleuse Marguerite. Cette revue de presse, plus absurde que les autres, m'a permis de ne pas harceler Alexis de SMS. Son bureau restait vide malgré l'heure, ce qui mettait l'émission en danger.

Que foutait-il à la fin ?

Ce matin-là, Alexis et moi recevions Kako, un artiste contemporain qui avait l'habitude de nouer de gigantesques ballons à l'hélium en forme d'émojis, au sommet d'immeubles. Dès les premiers jours de l'offensive russe, il avait pris sa bagnole pour aller attacher un ballon à l'hélium, pas sur le toit d'un immeuble, cette fois, mais sur une place ukrainienne. C'est ça, l'événementiel. Faire tout le temps la même chose, et puis non. C'est comme si vous, par moments, vous vous décidiez à parler, ça ferait date. Essayez ? Non, d'accord.

Sur un coup de tête qu'on appelle « pulsion artistique », le garçon avait avalé des kilomètres, pissé dans des stations-service et dormi dans des hôtels miteux. Il aimait ça, manger des sandwichs Daunat pour oublier qu'il était une star internationale. Suivait le bonheur de s'en souvenir. Le grand entretien de 8 h 30 allait être facile, avec son art qu'il qualifiait d'infiltrant, la guerre, l'émotion, c'était plié. Je formulais une première question ouverte (il faut surprendre sur la première question, mais aussi sur la deuxième, disait Jean-Pierre Elkabbach).

Quand Alexis est entré dans mon bureau sans frapper, l'étage s'est rallumé d'un coup et j'ai dit sans réfléchir :

— Oh, tu illumines ma vie.

— Aristote a fait son boulot, des électriciens sont passés.

— …

— L'art est ton domaine, je te laisse Kako.

— Comment ça, tu me le laisses ?

— Je n'ai pas eu le temps de bosser ce matin. Je te fais confiance. Garde-moi les questions intelligentes.

— Désolée, j'ai rien.

— Ne te dévalorise pas, ton psy est contre.

— Tu vas où comme ça ?

— J'ai pas fini avec Ari, on se voit après.

— On se voit après pour faire quoi ?

— Il est trop tôt pour ton romantisme pathologique, Léo.

— C'est une vraie question.

— Je te rappelle qu'on travaille sur une chaîne en clair.

— Ça tombe bien, je suis habillée. C'est une vraie question.

— Et on n'est plus ensemble.

— Ah ? Je suis heureuse de l'apprendre.

— Tu as besoin qu'on te contresigne tout ?

— Non, une phrase suffisait. Je te remercie, je l'attendais depuis un moment.

— L'histoire parlait pour elle-même non ?

— Oui et non. On pourra en discuter ?

— Si tu y tiens. Allez, à tout à l'heure.

Deux heures plus tard, j'ai su sans l'écouter que le journal de Laurie frôlait la perfection. Son pull à crochet formait une tache violette dans mon champ de vision,

Alexis bougeait sa jambe sous la table, tout ça ne m'aidait pas à me concentrer sur l'entretien qui allait suivre. Surtout, j'étais triste. Kako avait fabriqué un ballon représentant un cœur jaune et bleu, il l'avait accroché sur une statue de la place du marché de Sambir, près de la frontière polonaise, côté Ukraine. Kundera définit le kitsch comme « la traduction de la bêtise des idées reçues dans le langage de la beauté et de l'émotion ». Hmm. Est-ce qu'on n'y était pas, un peu, là ? « Question rejetée », aurait dit Alexis, qui se prenait souvent pour un magistrat du siège. « Trop agressive. »

Kako nous réservait sa seule prise de parole, or l'une des saintes règles du journalisme est de ne pas dévaloriser ses exclusivités. « On nc *s'autokill* pas », disait Aristote. L'horloge rouge du studio indiquait qu'il restait douze secondes avant l'interview. Alexis allait saluer l'artiste qui nous parlerait en direct de Pologne, où il était retranché. Je poserais la première question. Depuis le Covid, nous avions l'habitude de ces entretiens à distance. On s'en sortait bien. Sur l'écran derrière nous, l'artiste est apparu avec une casquette à l'envers.

— Bonjour Kako.

— Bonjour Alexis, bonjour Léonore.

J'ai enchaîné :

— Bonjour Kako. Vous êtes l'un de nos plus grands artistes. Vos ballons-émojis flottent sur les immeubles de New York ou de Copenhague. Mais c'est à la frontière ukrainienne que vous êtes aujourd'hui. Vous avez fait décoller un cœur aux couleurs du drapeau ukrainien. Comment est né ce projet ?

— Écoutez, beaucoup d'artistes ukrainiens m'écrivaient

par les réseaux sociaux, me disaient « qu'est-ce que tu vas faire pour l'Ukraine ? », est-ce que tu peux reposter ceci, reposter cela. Ce que je faisais, mais un jour, comme tout le monde, on se réveille et on se dit que c'est *le* message de trop ! Que pouvais-je *vraiment* faire pour l'Ukraine ? C'est la première fois qu'un conflit est si proche de moi.

J'ai poursuivi sur les coulisses :

— Dans le making of publié sur votre compte Instagram, on voit que vous et votre équipe avez passé la nuit à gonfler et accrocher ce ballon de 10 mètres cubes, c'est bien ça ?

— Oui, c'est ça. Et au fur et à mesure, des soldats, des enfants, des femmes, des hommes nous ont rejoints, c'était extrêmement émouvant. Le résultat a été filmé d'un drone, c'est ce qu'on peut en effet voir sur mon compte Instagram.

— Sous votre post, vous avez écrit, en capitales, MAKE ART, NOT WAR. Est-ce que l'art peut arrêter la guerre ? Ce n'est pas certain, mais quelle peut être son influence ? Tout le monde peut agir à son échelle, c'est votre message ?

— Tout à fait, et comme ça s'est déjà produit au Mexique ou ailleurs, il arrive parfois que mes ballons changent concrètement les choses sur le terrain. Je réussis à convertir les personnes qui me suivent sur Instagram en bénévoles et mécènes. Si vous allez sur le site Kako.art.com, vous verrez qu'on a décidé de transformer les images du ballon en NFT. Pour 100 euros on peut en acheter une ou plusieurs, et l'argent va aux Ukrainiens.

Bien. Maîtrisant peu les NFT (pourquoi des gens achèteraient le fichier numérique authentifié d'une image qui est partout sur le web, il doit bien y avoir une raison, mais je n'arrive pas à la concevoir), n'ayant pas envie de passer pour une boomeuse intergalactique, qui emploie l'adjectif *intergalactique*, j'ai laissé Alexis enchaîner avec des questions sur la frontière. Qu'avait vu Kako ? L'artiste a déroulé des scènes tragiques de séparation. C'est ce qu'on attendait de lui. Trois minutes plus tard, j'ai clos l'entretien :

— Vous n'aviez pas parlé jusque-là, merci beaucoup Kako d'avoir réservé vos premiers mots à *Bonne journée !* et bonne journée !

En sortant du plateau, j'avais des visions d'horreur. Je voyais le cœur jaune et bleu flotter au-dessus d'une ville détruite, je m'enfonçais dans de la vase pixellisée. J'avais fait ce que j'avais pu, j'étais restée digne, mais cet entretien tombait à côté de l'enjeu, comme la fois où Vincent Lindon était venu parler du conflit israélo-palestinien. En marchant vers la cafétéria, j'essayais de nous pardonner. *On ne peut pas tous les jours être parfaits.* Il fallait aussi assumer la part de divertissement de la télévision, son mélange historique des genres, l'héritage de Thierry Ardisson. La grande télé se situe à la lisière du cirque, c'est comme ça. Le pire est une courroie pour faire passer le meilleur, donc il ne faut pas se focaliser sur le pire, ce n'est qu'un véhicule. Quand je suis passée devant la cafétéria, Paulette, qui ne m'en voulait pas de l'avoir abandonnée dans le noir et l'humidité, m'a tendu un paquet de saucissons, « tiens mon trésor ». Puis, dans le long couloir menant à mon bureau, m'est revenue une chanson que Merlin, mon cadet, fredonnait quand il était petit, dans les toilettes, dans son lit, dans la baignoire. Cela s'appelle « L'ours qui danse » et c'est l'histoire d'un ours obligé de danser la polka.

Sur la place d'Odessa,
on lui faisait danser la polka,
Ohlala.

Des années plus tard, la tristesse de ces paroles m'atteignait enfin. Rien n'était plus triste que cet ours ukrainien qu'on produisait en public, rien n'était plus tragique qu'une guerre remixée en pop art. Comme tous les lundis, j'allais me rhabiller, prendre mes affaires, tomber dans le métro, rentrer chez moi, manger des Krisprolls au tarama et au guacamole et me coucher sous *Le Monde*. J'avais déjà mon blouson sur moi quand j'ai vu un post-it collé sur mon ordinateur avec l'écriture en pattes de mouche d'Aristote.

Il me rappelait qu'il m'avait inscrite à une formation management en milieu de matinée. Pourquoi une présentatrice devait-elle savoir manager ? J'avais osé poser cette bonne question par mail, la semaine précédente. Parce que tu *micro-manages* des gens sans t'en rendre compte et que tu le fais mal, m'avait-il répondu sans mettre de smiley à la fin de la phrase. Bien. Je m'étais retenue de lui adresser la liste des journalistes du cube qui donnaient l'impression de m'aimer. Je lui avais demandé un seul exemple d'erreur managériale. Il avait répondu : « Tu as renvoyé brutalement une stagiaire de ton bureau et on l'a retrouvée en pleurs dans les toilettes. » Toujours pas de smiley. Je m'en souvenais. Une jeune journaliste aux lacets toujours défaits était entrée dans mon bureau, sans frapper, à douze minutes de l'antenne pour me demander le numéro de portable de Michel Onfray. À l'aube, les matinaliers sont dans un état fébrile, sous dix couches de fatigue, les nerfs sont à vif, les journalistes sont colériques et dolents, ils vont à l'essentiel, ils se parlent durement, c'est admis, c'est comme ça. Ce que j'avais fait (lui dire « tout à l'heure » en lui fermant la porte au nez) était banal. Cette formation n'avait qu'un but : me faire chier. À 10 heures, le nom de la salle s'est affiché sur mon iPhone. Salle Bill-Withers.

Dans l'ascenseur qui descendait dans le cube, je me regardais dans le grand miroir. Depuis quand Aristote voulait ma peau ? Depuis le nouvel an 2018, depuis le début de mon histoire avec Alexis, depuis la Toussaint, depuis la peau grise ou depuis la guerre ?

[DÉGLUTITION]

Ce lundi 21 mars, je suis sortie de Bill-Withers avec tout l'opposé de l'humeur de la chanson « Lovely Day ». Le monde n'était pas *allright* du tout. J'avais vécu une de ces formations où l'on vous demande de choisir parmi des images *inspirantes* (cascades, masques africains, funambule, nuages) celle qui vous résume le mieux. Les journalistes du cube tournaient autour de la table avec une concentration surjouée. Ils fronçaient les sourcils, prenaient, soupesaient, pénétraient les images (voilier, prairie, plantes, moutons) et les reposaient comme s'ils jouaient leur vie au *Memory*. J'avais saisi l'image d'un bouddha en bronze pour l'écraser avec mon pouce.

Pendant que la coach se présentait, Ariane avec un seul *n* et des diplômes, je m'étais assise. Je pensais à Aristote, à son désamour, à son envie de m'humilier avec cette formation, à ce qui se tramait depuis l'aube et semblait me concerner. Je savourais la position assise, comme à un enterrement, entre deux chants, on en profite. Mais Ariane avait mis fin à ce repos : nous devions nous lever, nous équiper d'une feuille, d'un crayon, nous mettre par deux, nous dessiner sans regarder la feuille ni lever le crayon. Brouhaha excité, début des opérations. Une quinquagénaire aux joues sèches avait fait remarquer que Picasso travaillait sûrement comme ça. Tout le monde avait ri de bon cœur. Moi, non. Moi, cette ambiance de maternelle me donnait envie de sortir ma carte d'identité, de hurler mon état civil et mon âge. Mon binôme m'avait fait la tête de E.T., il avait celle d'Édouard Balladur.

Après le dessin, on s'était rassis sur nos chaises et le pire était arrivé puisqu'on avait joué à l'exercice *Souvenirs de la jungle*. Le principe est le suivant : on met tous un chapeau de safari sur la tête et on se remémore une excursion dans la jungle amazonienne, en prenant l'un après l'autre la place du narrateur. « Vous racontez une anecdote à la première personne du singulier, puis vous vous tournez vers votre voisin qui prend la suite », avait expliqué Ariane, en mettant son propre chapeau sur la tête. « Cela déploie la créativité et travaille le collectif. » Un chimpanzé vit-il dans la jungle ou la savane ? Mieux valait rester sur le mot *singe*. J'avais croisé un singe, qui m'avait volé mon portefeuille et mes clés et s'était enfui en courant. Pathétique scénario anthropocentré.

Dans cette formation, à chaque question ouverte de la coach, tout le monde regardait dans le vide. Et Ariane, déçue, pensait qu'elle n'était pas tombée sur un bon groupe, pas de ceux qui jouent le jeu, et même, allez, on peut le dire, un groupe de merde. Elle nous avait forcés à parler lors des *séances de débriefing*. Après chaque exercice, il fallait répondre à la question : « Qu'avez-vous appris sur vous ? » Ces tours de table, rituels du coaching, consistent à demander aux victimes de la formation de la post-rationaliser. Par empathie pour la coach, pour qu'elle ne se suicide pas, moi et les autres avons trouvé mille bénéfices à ces jeux insensés. « J'ai appris que j'avais plus d'imagination que je ne le croyais », ai-je dit. C'est un syndrome de Stockholm organisé.

Au bout de trois heures de ce régime, j'avais eu des envies de meurtre. La coach louait notre créativité et prônait le lâcher-prise, non pas pour que nous lâchions vraiment prise, ça serait évidemment la catastrophe, on arriverait tous à poil avec des cornets de glace dans les oreilles, mais pour tirer encore plus de nous. Notre joie, nos fantasmes. Pour que ce qui nous appartenait encore en propre soit mis au service du cube. Pour nous enrôler entièrement, aligner nos désirs intimes sur ceux de l'entreprise, réorienter nos affects, les vectoriser. Bref, comme vous pouvez le voir, j'avais eu, au cœur de cette formation, une indignation marxiste. C'était troublant. Je rappelle qu'au début de cette histoire mon but dans la vie était de devenir Anne Sinclair.

Mais pourquoi avons-nous consenti à mettre ces chapeaux de safari sur la tête ? Dites-moi, vous, pourquoi, en entreprise, les gens acceptent sans se révolter de brasser du vent, des heures durant, dans des réunions et des formations ?

Dans l'ascenseur, je rallume mon téléphone. Par SMS, Alexis me dit qu'il m'attend dans son bureau. Quand j'entre dans la pièce, il se lève et expulse d'une traite :

« Ari a dû partir, il est désolé de ne pas te l'avoir annoncé lui-même, mais il m'a demandé de te dire que la fille du *Figaro*, Yvonne, va te remplacer deux semaines pendant les vacances de Pâques. Il veut la tester pour de futures émissions. Tu pourras en profiter pour te reposer un peu et réviser tes cartes d'Europe de l'Est. Ne pose pas de questions, tu ne veux rien savoir de plus. »

Puis il balance sa veste en jean sur son épaule, met ses lunettes teintées et met en marche ses baskets Veja.

[PAUSE]

Le reste de la semaine est vécu en eaux troubles. Je ne me souviens de rien. Puis, le samedi 26 mars, je suis seule le matin, sans les enfants, et mes jambes ne répondent plus. J'ai peur. J'appelle mon cousin interniste qui s'appelle Pierrick Charles et qui est très grand, comme tous les hommes côté paternel. Je l'appelle en visio. Il s'isole sur son balcon parisien et je lui dresse la liste de mes symptômes : *le corps raide, les cervicales qui craquent, le souffle court, la poitrine qui brûle, un malaise général, des nuits qui ne servent plus à rien, des yeux creusés, le bruit de la mer dans mon ventre, les oreilles bouchées, des douleurs dans les chevilles, les orteils et les poignets, mais aussi une arythmie cardiaque.*

Une migraine du corps.

Je lui parle des moments de dissociation, des problèmes de perception du physique des invités, de l'impression d'être enfermée dans du plastique, des morts en Ukraine et de mon inutilité, de la télé, ses audiences, sa voracité, ses câbles, le dégoût, la jeunesse d'Yvonne et Aristote qui ne met plus de smileys dans ses messages.

Et puis il y a Loup qui ne dort pas assez, la culpabilité de ne pas voir assez mes enfants, celle d'avoir quitté leur père, le manque de Marcus, et la peur de mourir sous toutes ses formes. Par exemple, j'imagine la mort venir d'une première erreur de division cellulaire. Et je ne pense plus qu'à ça. *Pourvu que le gars qui s'occupe de mes divisions cellulaires sache faire des opérations, pourvu que ça ne soit pas un enfant avec des problèmes d'attention.*

Je n'ai pas fini, mais Pierrick Charles me coupe :

— Autre chose ?

Je dis :

— Oui. Une pensée océanique avec des idées de toutes les tailles, qui flottent.

— D'accord.

— C'est grave ?

— Non. Depuis que tu as prononcé l'expression « malaise général », tu n'es plus éligible à une maladie grave. Ce n'est pas organique.

D'une voix douce, il poursuit :

— Tu dors quand même ?

— Non. Et si je m'endors, je fais des cauchemars de mer totale.

— De mer totale ?

— Oui, de mer qui recouvre le globe.

— D'accord. Et l'appétit ?

— Aucun problème, je suis toujours trop grosse.

— Tu as encore des envies ?

— Celle de me reposer vraiment longtemps. Rien ne va plus, ni dans ma vie affective ni dans ma vie professionnelle.

— Arrête, tu fais une carrière formidable…

— Oui, mais c'est fini. J'ai atteint ma date de péremption, je suis trop maquillée, bonne à jeter, et la guerre m'a précipitée dans l'incompétence.

— Hmmm. Bon. Je vais te faire faire un bilan sanguin complet, mais il reviendra parfaitement normal. À mon avis, tu as des troubles fonctionnels liés à une surcharge psychique et émotionnelle. Tu es cramée.

— Comme un bâton ?

— Non justement, pour toi, ça peut s'arranger. Ton corps est entré dans un mode de fonctionnement alternatif, dégradé, un circuit B, si tu veux, et tu te focalises dessus, ce qui empêche d'inverser la dynamique. Ça va aller. Inscris-toi à un cours de tai-chi, réorganise ta vie, coupe les liens toxiques. Je t'arrête trois mois. D'accord ?

— D'accord.

Après quelques secondes de silence, je reprends :

— Tu crois que c'est une dépression ?

— Je ne crois pas que ça relève de la psychiatrie, non.

— N'utilise pas des grands mots comme ça.

— Les troubles psychiatriques ne sont pas spécialement grands.

— Ta gueule.

Je promets de ne pas vous parler comme ça, à vous. Je

sais maintenant que tout ça relevait évidemment de la psychiatrie et que j'aurais dû accueillir cette idée.

Mais Pierrick rigole, puis :

— Bon. Je vais quand même te prescrire des anxiolytiques, au cas où. Gobe-les avec parcimonie, c'est de la merde, les benzos, ça marche trop bien et ça rend dépendant.

La dernière image, au moment de raccrocher, est celle d'un pigeon à une patte posé sur le rebord de l'immeuble de mon cousin. Après cette conversation, je me suis enfoncée dans mon lit et j'ai pensé à nos étés, à Pierrick et à moi, à l'île de Sein, dans la maison qui appartient à la famille de mon père depuis trois générations. Mamm, mère en breton, c'est le surnom de ma grand-mère, y a habité après la mort de mon grand-père et une vie à Paris. Cela la rapprochait de sa fille préférée, qui vivait à Quimper. Mais cela ne l'avait pas empêchée de mourir seule, vraiment seule. Ma tante n'est arrivée sur place qu'une semaine plus tard.

Vous suivez ? Parce que, pour certaines personnes, c'est dur les liens de parenté. Moi, par exemple, au mot *nièce*, mon cerveau décroche.

Quand j'étais jeune, on allait voir ma grand-mère tous les mois de juillet, à Sein, pour faire plaisir à mon père, mais ma mère jugeait l'endroit sale et trop humide. Les pièces trop étroites. L'ensemble vétuste.

Après la mort de ma grand-mère, en concertation avec son frère (le père de Pierrick Charles) et sa sœur (celle de Quimper, et j'ajoute que je ne l'aime pas), mon père a fini par la louer à un couple d'ornithologues, puis à

Nicole, une psychanalyste à la retraite, qui y a passé pas mal d'années avec une amie avant de renoncer à cause de la rudesse des hivers.

Après Nicole, on a laissé la maison pourrir. Plus personne n'en a parlé. Je ne l'avais pas vue depuis mon adolescence, mais c'était ma solution. J'ai demandé les clés à mon père par SMS, pris mes billets sur SNCF Connect pour le lendemain, puis j'ai plongé dans la mer habituelle de mes nuits.

7

Fugue

Le dimanche, j'ai pris le train pour Quimper, le car pour Douarnenez et un taxi pour Audierne dans lequel j'ai appris qu'une baleine s'était échouée sur l'île de Scin dans la nuit. J'aurais voulu en savoir plus, mais la conductrice a acté la fin de notre conversation en allumant la radio. À 14 heures, au petit café de l'embarcadère, personne au comptoir pour discuter de la baleine, et Mylène Farmer chantait comme si les années 90 se poursuivaient tranquillement. Je me suis assise à l'une des tables en plastique jaune, personne. Je suis sortie regarder la mer, pour mesurer les vagues, je suis retournée à l'intérieur, personne. J'allais ressortir quand un jeune avec un large tee-shirt noir et des ronds dans les lobes d'oreilles, ce qui, je suis désolée, me dégoûte, est apparu devant moi.

Il a baissé des yeux impatients et je l'ai regardé avec hostilité. Un rayon de soleil a percé sa joue. J'ai froncé les sourcils. Un moment de haine sans raison a eu lieu entre nous. J'ai sèchement commandé trois parts de far breton, il est parti en haussant les épaules, *encore une folle.* En fait, j'étais tout sauf folle, j'anticipais la faim. Comme nous étions un dimanche, les restaurants et l'épicerie de l'île risquaient d'être fermés, et les commerces des îles, lorsqu'ils sont fermés, le sont plus encore que sur le continent : ils le sont sans discussion. Les parts de far sont arrivées congelées. La baleine, le jeune, le far. Mauvais présages, ai-je pensé.

J'ai traversé la bruine pour rejoindre *Enez Sun*, un bateau vieillot avec des sièges bleus en plastique et un intérieur bois décoré de cordages, de gilets de sauvetage en tissu jaune et de petites caisses ouvertes dans lesquelles étaient disposés des paquets de sacs à vomi. Dans l'odeur de pétrole, j'ai écrit à Marcus. *J'ai craqué au travail alors je vais à Sein. Te souviens-tu de la maison de Mamm que tu voulais absolument visiter quand à nos débuts tu vénérais mon passé ? Compte au minimum un mois. J'appellerai les enfants quand je serai en mesure de leur parler sans leur rappeler la mère suicidaire du film* About a boy *(d'après Nick Hornby).*

Je lui demandais de poser des céréales chimiques sur la table, le matin, pour qu'ils ne m'oublient pas. C'était à moitié pour rire. Je le priais d'accepter que Loup révise ses maths en mettant des paniers de basket et d'extraire Merlin de ses cinq livres en cours. Bref, sois cool avec eux, lui ai-je écrit, parce que je les aime. Je terminais avec le dicton : *qui a vu Sein, voit sa fin.* Et j'ajoutais : dans mon cas, on espère pas, haha. Quinze minutes plus tard, mon téléphone a vibré et j'ai lu le message d'un seul œil, m'attendant à une colère exclamative, à un « t'es pas fiable, c'est quoi ces conneries, c'est quoi ce nouveau délire égocentrique et comment je suis supposé faire tout seul, moi ». En fait, c'était une réponse brève : *Prends soin de toi, nous t'attendons.*

Puis, nouvelle vibration : *Tu sais que je ne suis pas fort pour l'intermédiaire : soit je suis fou d'angoisse, soit je prends les choses à la légère, alors pardonne moi d'avance si je ne dis pas ce qu'il faut. Je n'ai pas de raison d'être fou d'angoisse, si ?*

J'ai réfléchi.

J'ai répondu : *Non.*

Quand le bateau a quitté le rivage, j'ai eu l'impression de m'éloigner d'un continent fait non pas de silicates, mais de pression sociale. Mes épaules se sont ouvertes et ma tête s'est vidée d'une tonne d'informations inutiles. Disparus, les incipits de Sarkozy et l'âge de Gérard Larcher. Ce que je vivais était normal et temporaire, me suis-je dit. J'étais au sommet de ma vie, à l'endroit exact où se disputent la crise et la plénitude. J'avais voulu réussir. J'avais réussi. Le succès apaise. Mais il n'apaise pas d'être advenu dans un monde courant à sa perte. Cruel en plus d'être en toc, ai-je résumé pour moi-même.

Quant au métier lui-même… « Le journaliste est comme l'escroc qui se nourrit de la vanité des autres, de leur ignorance, de leur solitude : il gagne leur confiance et les trahit sans remords », a écrit Janet Malcolm dans *Le journaliste et l'assassin.* Cette phrase n'est pas devenue un tube planétaire par hasard. « Dans un cube en béton ayant la forme d'une télévision », aurait-elle pu ajouter, et même, en visant la précision, « dans une boîte baptisée AZ Productions où des experologues, sociologues ou psychologues, entrent de leur plein gré pour être vidés de leurs entrailles. » Éventrés de leur savoir en direct.

Nous, journalistes, sommes des psychopathes. Alors, que faire ?

Mais d'abord, répondez-moi, parce que je ne comprends toujours pas ce qui m'est arrivé, est-ce qu'une journée de trop peut éteindre une vocation ? Est-ce que la chimie du cerveau change à 40 ans ? Est-ce que j'exagérais ? Sacha avait-elle fini par m'influencer ? Étais-je en train de réaliser que je détestais Aristote ? Ou que la vie sans Marcus n'avait aucun sens ?

Cette dernière question s'est posée jusqu'à ce que le bateau vétuste s'élance vers le large comme un hors-bord cannois, allant, on peut le dire, beaucoup trop vite pour sa charpente. Puis, vu la situation cinétique, elle ne s'est plus posée. La traversée a été rude. La pointe du Raz l'est. Ici, la mer gonfle dans les profondeurs. Cela donne l'impression que d'immenses parapluies s'ouvrent sous la surface. Il y a comme un million de Mary Poppins géantes sous l'eau. Le bateau grimpe et dévale ces dômes qui se régénèrent et se multiplient. De son côté, le ciel appuie comme un corps sur la mer, il la sculpte pour faire d'elle un magma argenté, épais, fragile, qui se creuse, ondule, vit sa propre vie et produit des milliards de paillettes éphémères, grises et jaunes.

La relation entre le ciel et la mer est festive et passionnelle, ai-je pensé en les regardant danser ensemble. Et pourtant, c'est du sérieux, c'est mythologique, c'est grave, puisque c'est sur cette unique frontière que le monde est entier. Au bout d'un moment, de gros rochers en forme de dents m'ont prévenue qu'on approchait de Sein. Quand le bateau s'est arrêté à la cale sud, dans le prolongement du quai des Français-Libres, les passagers et moi étions livides. Mon ventre était toujours tapissé de pruneaux congelés. Le fracas des portes ovales s'est ajouté au grincement millénaire des ancres qui coulissent vers le bas. Puis, la mécanique s'est tue. Il pleuvait. Les gens solitaires, des Sénans et des habitués, ont détalé sur le quai, avec leur petit bagage. Moi, j'étais à l'arrêt, dans les flaques, perdue.

Ce matin-là, mon père avait eu dix minutes de retard au Relay du RER de Fontainebleau, ce qui ne lui arrive jamais. Il avait débarqué à 6 h 15 avec ses deux mètres, ses cheveux gris en bataille, sa mâchoire carrée, ses sourcils noirs à la Richard Bohringer et son imperméable beige. Il avait surtout débarqué avec les yeux glacés de l'homme qui a dû se lever à l'aube alors qu'il est à la retraite, comme si la retraite, c'était une journée. Après m'avoir tendu une longue clé rouillée accrochée à une raquette de tennis en métal gravée TCF (Tennis Club de Fontainebleau), il s'était inquiété que je ne retrouve pas la maison. « Et la baraque, tu sais où elle est ? » L'île est en forme de S, avait-il dit en dessinant un S dans les airs. « Et la maison est là », avait-il ajouté en enfonçant son index dans le S imaginaire. J'avais hésité à lui demander de me faire un plan, mais je manquais d'une feuille, d'un crayon, de monnaie pour en acheter, de patience, de confiance en lui.

« Ça va aller », avais-je dit, très fatiguée. Puis, ne voulant pas l'inquiéter davantage, j'avais trouvé la force de lui sourire, de ressembler à l'ancien moi, de faire une blague. J'avais tapoté mon front du doigt et dit : « moi-très-grande-mémoire ». Avant de repartir, il avait serré mon épaule, seul geste de tendresse qu'il maîtrisait, mais il l'avait fait moins longtemps que d'habitude. Il ne pouvait pas supporter de me voir avec des cernes bleus et un sac à dos. *Parce que bon, qu'est-ce que c'était que cette randonneuse ? Où était ma puissance, ma célébrité, mon micro jaune ? Qu'allait-il faire le matin à la place de m'envoyer un mail ? Et surtout, qu'allait-il dire à ses amis médecins ?*

Au fond, il ne comprenait pas pourquoi son neveu préféré m'avait arrêtée. À la Salpêtrière, lui avait vu défiler de vrais malades, qui continuaient de travailler entre deux chimios. « Les arrêts maladie sont un piège, leur murmurait-il en les raccompagnant à la porte de sa consultation, le travail fait partie de la guérison. » Il avait d'ailleurs écrit cette phrase dans plusieurs livres. Mon père avait aussi du mal à saisir l'intérêt de déterrer cette maison bretonne qu'il avait aimée à 18 ans, ses *années de poète*, comme il les appelait, une courte période de théâtre et de glande dans le Quartier latin, stoppée net par sa rencontre avec ma mère et ses vibrations mondaines. Direction, des études sérieuses et un maximum d'argent. Pour le médecin à la retraite qu'il était aujourd'hui, après cinquante étés passés dans le Midi, Ti Bihan (« petite maison » en breton) était une taxe foncière, un sujet notarial, une plaie.

Refusez un plan et vous vous retrouverez vous aussi au milieu de la mer sans savoir où aller, vous deviendrez, comme moi, un point GPS dans l'océan, qui vibre.

J'ai avancé au hasard, tourné rue Saint-Guénolé parce que ce nom me disait quelque chose. J'ai circulé les genoux mouillés dans les rues étroites du bourg, puis je me suis arrêtée et, telle une sorcière de Brocéliande prise au piège, j'ai plissé les paupières, posé mes index sur mes tempes et sollicité mon intuition et mes ancêtres, « la famille de Karadec avec moi », ai-je dit. J'ai pris deux fois à droite et une fois à gauche. La maison carrée était là, derrière un muret, avec son portail en fer forgé, son petit jardin broussailleux, ses ronces ramollies par la pluie et ses hortensias dévitalisés.

Sa façade côté ruelle était abîmée, mais probablement moins que celle côté mer. La bâtisse était plus grande que dans mes souvenirs et plus belle que ce que ma mère en disait quand elle en parlait encore. À mon adolescence, dans l'appartement des Batignolles dans lequel j'avais grandi, fille unique entre deux médecins, je l'entendais se lamenter au téléphone, une fourrure sur le dos : « Que faire de cette maison sale, comment ne plus passer mes étés dans cette bicoque grise, il faut la vendre, oui c'est la seule solution, mais personne n'en voudra. »

Rien dans cette maison ne l'émouvait, car ce qu'elle aimait se situait à l'autre bout du spectre de la beauté. Les couchers de soleil aux couleurs saturées, les baies vitrées, les talons hauts, les escargots. Ma mère avait fait médecine en même temps que mon père, mais n'avait bossé que dix ans en tant que dermatologue esthétique. Le reste de sa vie avait été consacré à déjeuner avec son amie Sophie, tester des antidépresseurs, aller au Tennis Club de Fontainebleau, pour le tennis et pour la piscine, de moins en moins pour le tennis, de plus en plus pour la piscine, commander des tissus en lin sur Internet. Cette femme n'était pas facilement heureuse puisqu'elle ne l'était pas en Bretagne. Mais depuis ses 65 ans, sa déprime avait pris une autre dimension. Elle mangeait du saumon fumé à tous les repas, petit-déjeuner compris, et s'auto-injectait du botox dans sa baignoire, ce qui est une autre histoire. Comment vieillir quand sa propre mère ne le supporte pas ?

C'est vrai qu'elle était grise, cette maison, d'un gris battu de prison. Vous connaissez la chanson « Prison 101 » d'Annkrist ? Si non, écoutez-la. Ce CD est le seul cadeau personnel que mon père m'ait offert. Jeune garçon, il a été marqué par un de ses concerts à Brest. C'était avant ma mère, les études de médecine, France Musique et la Côte d'Azur. Musicalement, Annkrist détruit Laura Pausini.

Le mur et les rectangles de pierre brute qui encadraient les fenêtres étaient désormais de la même couleur. Gris prison, donc. Qui est aussi un blanc cendré, rongé, piqueté. Mais la dimension de la maison était parfaite. On le sait depuis nos premiers dessins d'enfant : un étage et trois fenêtres de large, c'est la bonne taille, absorbable par l'esprit ; au-delà, un poids, trop de plomberie et de papiers administratifs. Depuis la ruelle boueuse où je me tenais, on voyait que le toit était légèrement affaissé. La marque des maisons abandonnées, ai-je pensé, la tête souffre en premier.

La pluie fine se confondait avec l'air, je ne l'avais pas vue venir, j'étais trempée. J'ai ouvert le portail rouillé, traversé le jardin piteux, mais romantique. J'ai tourné la clé et donné un coup d'épaule pour ouvrir l'épaisse porte en bois. À l'intérieur, cela sentait le renfermé. J'ai posé mon sac à dos dans l'entrée et j'ai foncé à l'étage, dans ma chambre d'enfant. Assise sur mon lit, je me suis mise à pleurer sans bruit. C'était la première fois depuis la séparation, le manque des enfants, le rejet d'Alexis, depuis mon obsolescence programmée et le début de mes cauchemars.

Je me suis revue, petite, ici, faire des bouquets de fleurs séchées, et disposer d'autant de fleurs que de possibilités d'existence. J'ai pleuré de ne plus sentir l'odeur de la lavande. J'ai pleuré d'être devenue quelqu'un d'aussi moderne, vide, contemporain. La vie qui restait devant moi, c'était la moitié avec les maladies. Celles qui frappent affreusement avant 50 ans, injustement avant 60 ans, prématurément avant 70 ans. Ce qui me restait, c'était la moitié de la vie où l'on se cache du soleil avec des casquettes et des lunettes, et où l'on prie pour que la mort tombe à côté.

Les yeux humides, j'ai arpenté la petite chambre. Il y avait une armoire de poupée rose, fabriquée par mon grand-père, pour moi. Et une vraie armoire bretonne, moins énorme que dans mes souvenirs. Comment avais-je pu penser qu'elle cachait plusieurs voleurs ? Elle était remplie de linge de maison. J'ai sélectionné les draps les moins humides, les couvertures les moins abîmées et j'ai fait mon lit, accomplissement le plus rentable d'une vie. Ainsi, le moral est revenu. Le confort n'était pas ici, ni ici, ni là, me suis-je amusée en faisant le tour du premier étage. Ni en bas, ai-je constaté en visitant le rez-de-chaussée.

J'ai redressé les petits tableaux – de la mer, de phare, de la mer, de bateaux, de tempêtes, de marins – croisés sur mon chemin. J'ai allumé tous les radiateurs au maximum, le mode 7 et soleil, et ces vieilles machines, qui n'arrivaient pas à croire qu'elles redémarraient, se sont mises à produire une odeur de cramé et des bruits de souris étouffées dans un bocal. De retour au premier étage, j'ai transvasé le contenu de ma valise dans le coffre en chêne sculpté du couloir, devant ma chambre. Une pile pour les hauts, une pile pour les bas, tout simplement. J'avais pris mes habits les plus neutres, ceux avec lesquels je traînais en journée à Barbès. Connus seulement de mon voisin bizarre. Est-ce que je lui manquais ? Du gris, du noir, du blanc, des tee-shirts et des joggings en coton. Pas mes vestes à épaulettes. Je me suis assise sur le rebord de la fenêtre de ma chambre.

[PAUSE]

Quelqu'un de plus grand jouait avec l'exposition. Le vert de la lande et le bleu de la mer s'assombrissaient tandis que les petites maisons blanches s'éclairaient, d'un blanc éblouissant comme de la craie. Aux alentours, la mer haute serrait l'île comme un col roulé. Enfant, je le sentais sans me le formuler : ici, la marée régit l'inconscient. Quand la mer est basse, tout va pour le mieux, on respire fort, on met un ciré pour aller au marché, on pense positivement, on achète des coquilles, on sourit à tout le monde, l'odeur de la lavande nous suit plus ou moins partout, l'horizon est net. Mais, au fur et à mesure que l'eau monte, s'invite la possibilité du tragique.

L'île est si mince, si petite, si basse qu'elle évoque une assiette qui flotte dans un saladier d'eau. Une assiette en perpétuel danger de submersion. Presque au-dessus de l'eau, presque en dessous. Avec les grandes marées, il devient clair qu'on se retrouve à une vague de la disparition. Ce soir-là, la mer s'approchait de la maison comme un animal flaire l'un des siens pour savoir s'il est mort. Curieuse, déterminée. Séduisante, aussi. Car le désir qu'elle nous engloutisse existe. Avec le soir, le vert et le blanc ont disparu et tout est devenu gris cendre, la mer s'est changée en bronze. Enfin, la nuit est tombée, aussi noire que sous un meuble dans une chambre éteinte. Je me suis endormie avec la fenêtre entrouverte, au son du ressac et, pour la première fois depuis des semaines, je n'ai pas rêvé de la mer totale.

Réveillée avec le jour, j'ai regardé se dessiner les contours de la pièce de neuf mètres carrés de mon enfance. Le vent faisait le bruit d'un moustique. Les vitres tremblaient un peu. Redressée dans mon lit, j'ai vu que la mer avait eu le temps de s'en aller et de revenir. Elle était à nouveau proche de moi, mais avec un esprit neuf. Bruyante, joueuse, consciente de se taper l'incruste. Et très bleue. J'ai regardé l'heure sur mon téléphone et repoussé l'idée que Laurie, dans un de ses pulls à crochet, était en train de dérouler les titres de son JT parfait. *Oui oui, Laurie, le monde est à feu et à sang.* Je me suis souvenue que j'avais apporté du Nescafé, j'ai sauté du lit pour le déterrer de ma valise restée dans le couloir. J'ai dévalé l'escalier en bois avec le maxi-pot en verre sous le bras et trois couvertures sur le dos.

Le rez-de-chaussée, particulièrement, sentait la cave. À côté du frigidaire, il y avait les bottes kaki de mon père, pleines de toiles d'araignées, que j'adorais petite. Je les ai enfilées. Un peu grandes, mais parfaites. J'ai siroté mon café avec les mollets en caoutchouc posés sur la table en formica noisette de mon aïeule. Cela a duré une heure. Et maintenant, que faire ? Toujours en pyjama, avec les bottes et les capes, j'ai été prise d'une frénésie de nettoyage à mouvements lents (à cause des capes et des bottes). Je savais que mon père payait un ménage annuel à Gwen, un gars du coin que ma grand-mère avait vu naître et aimé à sa façon, c'est-à-dire froidement. Petit garçon, il passait chez elle avant l'école pour lui offrir des coquillages, qu'elle jetait dans son jardin, une fois la porte refermée. Gwen était devenu pompier volontaire, m'avait dit mon père. Et homme de ménage, pour l'argent de poche. J'allais sûrement le croiser dans le bourg, il ne me reconnaîtrait pas ou alors il sursauterait. *Merde, l'entretien de la maison.* Pour lui comme pour nous, les termes de ce contrat oral s'étaient envolés depuis longtemps, ai-je pensé en m'emparant du balai fossilisé. Peut-être venait-il encore une fois par an, me suis-je dit, plus tard, en frottant avec une grosse éponge le mur couvert de moisissures de la salle de bains.

Au rez-de-chaussée, les pièces sont en enfilade, salon, entrée, cuisine, la séparation se fait par la texture du sol. J'ai passé la serpillière sur les éclats de mosaïques de l'entrée et le carrelage blanc de la cuisine. J'ai nettoyé le vieux parquet du salon au vinaigre blanc, mais pour les murs jaunis, on ne pouvait rien faire. J'ai dépoussiéré les poissons pendus aux boutons des portes. Contrairement à ce que son surnom, rond et féminin, Mamm, suggère, ma grand-mère était une femme austère qui, une fois devenue veuve, s'était mise à sculpter des poissons en bois avec un énorme couteau terrifiant. Ces poissons sculptés étaient longs et fins, phalliques diriez-vous, haha, et ils pendaient devant chaque pièce.

J'ajoute que pour le repas de ses petits-enfants, Mamm faisait frire du poisson pané. Et rien n'a jamais été dit, mais j'ai toujours pensé que le bois et les Croustibat signaient le rejet des vrais poissons, frais et réels, pourtant tout autour de nous, et, en extrapolant un peu, le rejet du vivant. J'ajoute aussi que, point commun avec ma mère, son sourire maximal était une ligne droite.

Marcus ne supporte pas les maisons fantômes où des générations d'occupants morts semblent avoir encore leur mot à dire en assemblée générale. Il aurait probablement détesté cette maison. Ou alors il est moins bête que ça. Mais c'est vrai que l'esprit de Mamm n'avait pas déserté, notamment le rez-de-chaussée, le fauteuil vert Louis XVI en particulier, avec sa grande et basse assise. Son âme squattait ce fauteuil *Télé Star*, celui où sa fille l'avait trouvée morte depuis longtemps. Ma tête tournait. Mon ménage touchait à sa fin, j'ai plié les nappes brodées qu'on avait balancées en boule au fond de la grande armoire bretonne du salon. Le jeune Gwen balançait-il les nappes brodées dans l'armoire, quand il venait, une fois par an ? Posté à un mètre, les yeux fermés ? Était-ce une sorte de pelote basque de l'île de Sein ? Est-ce le lot des maisons abandonnées de devenir le théâtre de jeux absurdes ?

À 14 heures, j'ai passé une tête à la supérette du bourg, d'où je suis sortie avec un paquet de huit crêpes emballées dans du cellophane. Je n'avais rien avalé depuis les fars de la veille et je les ai mangées l'une après l'autre, nature, trouvant ça d'abord délicieux, puis dégueulasse. Pour digérer, je me suis allongée en croix sur le carrelage propre de la cuisine. Ces crêpes n'étaient pas assez cuites. Ou contenaient trop d'œufs. Ou je les avais mangées trop vite. J'ai trouvé la force de monter faire une sieste dans mon lit une place.

À la fin de cette première journée placée sous le signe de la poussière et de l'indigestion, j'ai exploré le grenier et découvert sous une pile de jouets en bois mon ours en peluche baptisé Momo (pour Mozart) alors qu'il porte un costume de marin. Cela m'a stressée que Mozart soit habillé comme ça. J'ai eu honte pour la petite fille cabotine qui avait « plaire à son père » en ligne de mire. *Papa, mon ours s'appellera Mozart. C'est bien ma fille.*

Plus tard encore, quand la nuit est tombée, j'ai trouvé dans un coin de la chambre autrefois occupée par mes parents une vieille valise de couture avec, à l'intérieur, un carnet de dessins en cuir (des bosquets de ronces géants esquissés au crayon à papier) parsemé, toutes les deux ou trois pages, de brochures touristiques où les horaires de départ des bateaux étaient entourés en rouge. Un résumé de l'humeur estivale de ma mère. Oui, ma mère dessine bien, elle ne fait pas que manger du saumon fumé et barboter dans des piscines. Elle a aussi des qualités.

Les jours qui ont suivi, je n'ai rien fait. J'ai connu la décélération, ce concept de gauche défendu par les jeunes d'AZ Productions, les Sacha et les Rémi. Ce concept d'autopréservation, de saut hors de la compétition. *Hop, chat perché.* Le refus d'une vie perdue à s'épuiser pour la reconnaissance. J'avais eu tout faux, ai-je réalisé. Pourquoi avoir tant voulu faire la couverture de *Version Femina* ou de *Télé Star*, au fait ? Je laissais dans les archives de l'humanité une image de moi contestable. Être un personnage de son époque, n'était-ce pas d'une *incommensurable vulgarité*, comme l'aurait dit Alexis ? Alexis, le roi des adjectifs. Des progrès inouïs, des désirs monstrueux, une rencontre radioactive, des corps ignobles, une semaine effrayante, une terrible allergie, un risque pénal, des rêves scandaleux, une météo sartrienne. (Quand il y avait dans le ciel un « double soleil », capable d'éclairer « la bêtise humaine ».)

Au bout de quelques jours, l'existence de Laurie, d'Aristote et d'Alexis s'est évanouie. La matinale est devenue une abstraction, un produit médiatique d'un autre siècle, un usage du passé, de quand le monde était fou de vitesse et de larmes. Le matin, mon tour de l'île se terminait par un café crème au QG, le bar du quai des Paimpolais. Là, pas de regards en coin ou de coups de coude, c'était un repos, les clients ne me remettaient pas. Un homme déprimé ressemblait à ce que l'enfant Gwen que j'avais connu aurait pu devenir. Quand je ne le regardais pas, j'espionnais un couple fascinant, mais j'y reviendrai.

Pour déjeuner, j'allais à la supérette acheter du pain suédois, des tranches de dinde rôties Herta, des yaourts au soja, mais plus de crêpes nature. Je mangeais tous les jours dans la même assiette rincée à l'eau. Je lisais les vieux livres laissés par Nicole, la dernière locataire, une psychanalyste marxiste dont il restait une photo avec son amie dans le salon. Cette grande fumeuse avait loué la maison pendant dix ans, ce qui n'avait pas aidé les murs à rester blancs. Au début, j'avais du mal à lire ses livres intellos. Je ne dépassais la page 11 d'aucun livre. Mais un jour, la lecture s'est débloquée. J'ai avalé Marx et été marquée, par exemple, par l'idée de la destruction de l'espace par le temps, le capital voulant circuler plus vite. Cela m'évoque la mer totale de mes cauchemars, pas vous ? Quand la mer aura tout recouvert, cette course s'arrêtera enfin, il n'y aura plus de départ, plus d'arrivée. J'avais aussi avalé Dolto, votre idole, peut-être, et voilà que je ne pouvais plus m'empêcher de penser *feu-naître* en regardant par les fenêtres de ma maison.

Le soir, j'allais dîner à l'hôtel Ar-Men (« rocher » en breton), un bâtiment rose qui porte le nom du phare au large de Sein, le phare le plus exposé aux éléments et le plus difficile d'accès de Bretagne, c'est-à-dire du monde. Au bout d'une semaine, la table du fond m'était tacitement réservée et on ne prenait plus ma commande, on m'apportait directement le menu à 19 euros. Une marinade de poulpe, du lieu jaune aux algues, du far breton, encore, mais bien tiède cette fois, et une verveine du jardin. J'y étais chaque soir, comme un ancien président de la République qui flotte cognitivement. J'étais une femme en fuite, devenue imperméable à l'actualité. Quand j'allumais mon téléphone, cela m'arrivait le soir, dix SMS tombaient d'un coup. Aucun ne me faisait plaisir. Je voyais dans toutes les sollicitations amicales les prémices d'une demande de service. On me pensait en vacances, je recevais des messages du type : *Hey, tu rentres quand à Paris ? Tu crois que tu pourrais inviter telle personne à la matinale ?* Euh, non. Je ne répondais qu'à Sacha.

En y réfléchissant, cette période marque une tentative d'entrer en relation avec le temps. En m'isolant, je voulais qu'il ne reste plus que lui par défaut. Je voulais le saisir, l'attraper et le serrer comme le manche d'une fourchette, tout en sachant, au fond, que c'était aussi impossible que de compter jusqu'à l'infini, et qu'il faudrait revenir à terme à une forme d'action. Dans *La montagne magique* de Thomas Mann, le narrateur met en garde contre l'effet de l'habitude sur le temps. On croit que la nouveauté l'abrège tandis que la monotonie ralentit son cours. C'est vrai sur un temps court, explique-t-il, mais pas long. La monotonie peut étirer un instant, mais cet instant a beau être allongé, tendu, s'il est sans densité, sans poids, sans bruit, sans nouveauté, il finit par être balayé par les vents. Les années sans activité, pauvres, s'envolent. Lorsqu'un jour est pareil à tous, ils ne sont tous qu'un seul jour, écrit-il. L'habitude est un analgésique. Pour le moment, c'était ce dont j'avais besoin. Je mâchais mon lieu jaune en métronome. Ma digestion était redevenue normale.

Après le dîner, je rentrais à petits pas dans la nuit. Le paysage était si noir et la mer si élevée que l'avenir n'existait pas. Les homards plongés dans des casseroles à couvercle connaissent cette sensation. Arrivée dans ma rue, je croisais un lapin blanc qui tournait autour de moi pour me déclarer son amitié. « Mon statut a évolué », lui ai-je dit un soir. « J'ai des amis. » À force d'aller au QG, j'avais réussi à parler à James et Sam, le couple de trentenaires que j'observais du coin de l'œil depuis le premier jour. Deux blonds, grands et magnifiques, des Vikings. James, des cheveux longs et une barbe piquante, Samantha, des cheveux courts et bouclés. Lui portait des salopettes larges et des Timberland camel, elle s'habillait avec des polaires noires et des leggings psychédéliques. Ils éclataient souvent de rire, mais pas comme dans les open spaces parisiens où les gens éclatent de rire parce que quelqu'un a mis des chaussettes dépareillées ou a renversé du café sur son pull. Eux riaient parce que James possédait un vrai talent d'imitation. Il interprétait fidèlement les habitants de l'île, et même le vieux Briac, le serveur chauve et taiseux du QG, se tordait de rire et enviait son talent.

Chaque fois, je m'étais un peu plus rapprochée d'eux jusqu'à ce qu'un jour, m'asseoir à leur table apparaisse comme la logique même. Je les ai tout de suite assommés de questions. Ils avaient quitté Rennes et l'enseignement public pour ouvrir une école de kayak à Sein, il y avait sept ans. Leur fils An-Avel, « vent » en breton, communiquait avec les bébés phoques. Rien ne me paraissait plus enviable.

Le récit de leur tournant de vie m'a égayée trois jours. James a imité le directeur de leur ancienne école primaire à Rennes, un échalas avec une grosse moustache rousse symbolisée par une serviette en papier orange. L'homme s'était mis à fumer à 50 ans. Bien, pourquoi pas. Le problème était qu'il ne voulait pas fumer tout seul. Alors, plusieurs fois par jour, il passait devant la classe de James en faisant des bruits d'aspiration qui signifiaient : viens, on fume. *Huuuu. Huuuuuuuu, huuuu,* insistait-il. *Huuuu, huuuuu,* imitait James planqué derrière une porte de classe imaginaire. À partir de là, la vie de James était devenue cauchemardesque. Ces bruits d'aspiration le réveillaient la nuit.

Je n'arrivais pas à m'arrêter de rire en l'écoutant, je riais tellement que c'en était gênant. Sous le préau, le directeur de l'école lui parlait de sa femme qui ne lâchait plus son portable, même aux toilettes, avait pris un abonnement à la gym, ne mangeait plus ni viande ni gluten, passait son permis. Il fumait sa huitième cigarette. Et James imitait le directeur, qui, en allumant la neuvième avec la huitième, disait : « Depuis qu'elle me trompe, je me sens comme un bout de gras livré aux mouches mexicaines. » Un jour, après avoir perdu deux heures à écouter ses métaphores de SVT (c'était un ancien prof de SVT) (« Je me sens comme une drosophile décapitée »), James avait pensé : *Si ça continue, je vais devenir fou.*

Au lieu de retourner dans sa classe, où l'attendait une Atsem couverte de taches de peinture, il était entré dans celle de Sam, qui lisait un livre à ses élèves installés en cercle autour d'elle. Elle s'était arrêtée au milieu de sa phrase. Il n'avait pas eu besoin d'expliquer, elle avait fermé le livre cartonné, l'avait posé par terre, avait enjambé un enfant, pris son sac, sa parka de prof, toutes ses affaires dans les bras, puis ses mouvements s'étaient accélérés, elle avait fait une révérence rapide, envoyé des baisers à ses élèves de CP et sauté hors de la classe. James et Samantha avaient ensuite quitté l'établissement, main dans la main. Mais pas comme on l'imagine. Sans superbe. Inquiets.

« Et toi, comment as-tu atterri ici ? » m'a demandé James. « J'ai subi une formation pénible, ai-je dit. Mais c'est sûrement plus compliqué que ça. » Ils ont attendu que je développe, mais je ne pouvais pas, le naufrage était trop multifactoriel comme on dit en entreprise. J'ai haussé les épaules et souri, espérant qu'on passerait à autre chose. Sam a sorti son téléphone et m'a montré des photos d'eux, le jour de leur départ à Sein, devant l'école fermée de Rennes. Ils avaient fait une cérémonie d'adieu, avec un gâteau en forme de cartable et une bougie. Je n'en revenais pas. Sur les photos, je voyais des fonctionnaires malades. En sept ans, ils s'étaient métamorphosés. Les visages d'aujourd'hui étaient perpétuellement éclairés. Les rides creusées par le sel donnaient une furieuse envie de toucher leur peau. J'ai repensé à mon yoga du visage dans la salle de bains de Vanessa, à Barbès. Définitivement inutile. Les rides, ça irait.

Sur l'image, Sam était enceinte d'An-Avel et il était évident qu'elle ignorait à quel point elle serait belle, quelques années plus tard, avec des taches de rousseur partout et une bouche élargie par le vent. J'ai découvert, les jours suivants, la grâce avec laquelle Sam sortait des grosses pommes de terre cuites de sa poche et croquait dedans, en guise de snack. J'ai compris qu'avoir été aimée par des parents morts jeunes dans un accident de voiture l'avait rendue à la fois candide et généreuse, mais aussi fragile, douce, bavarde, dans un désir constant de materner. Le soir, elle massait bénévolement des vieilles dames tordues de l'île. Elle avait reçu le meilleur de ses parents, l'amour dénué de toute déception, et elle le redistribuait sans réfléchir. Autrefois, j'aurais dit qu'elle était perchée.

Quand James la regardait, ses yeux étaient rieurs et admiratifs. Quand il ne la regardait pas, ils refroidissaient par le centre. Tous les matins, il tapotait un sachet contre le bord de sa tasse de café pour y faire tomber de la poudre de champignons. Samantha se moquait de lui : « Ça marche pas, va plutôt te baigner si tu veux te détendre. » « Mais si, ça marche », répondait-il en jouant à l'enfant alors qu'il était un Viking. Dès le premier jour de notre amitié, j'ai appris que la hantise de James était la montée des eaux, qu'il surveillait, jour après jour, en relevant des données objectives. Loin de tout ce que j'avais toujours pensé à ce propos, j'ai réalisé un matin que j'étais concernée quand il a dit, rempli à ras bord d'anxiété : « Un jour, bientôt, l'île sera submergée, au moins le temps d'une marée, par les vagues. Cela arrivera à 7 heures du matin ou du soir, heures de pleine marée par fort coefficient, un jour de tempête ou de forte houle. Les gens devront monter sur leurs toits pour survivre. » Mon cauchemar était une prophétie.

[SILENCE]

Sa phrase m'a torturée. Lors de mes promenades solitaires, un amour bizarre, peut-être malsain puisqu'il m'a conduite devant vous, relevant du stade oral passif ou quelque chose du genre dans votre jargon, un étrange attachement donc, sûrement immature, était né pour les rochers de Sein de forme humaine. Je passais des heures avec eux chaque jour. Si bien que lorsque James a prononcé cette phrase en jouant avec son briquet, j'ai été saisie d'effroi. J'ai imaginé mes rochers emmurés dans l'eau, mes silhouettes de granit rangées dans le noir avec les yeux ouverts. C'était pire que la baleine en décomposition de mon arrivée, pire que les phoques et dauphins qui mouraient comme la baleine de cette confusion de plus en plus perverse entre le rivage et la mer. « Mais enfin, faites attention quoi, merde, faites demi-tour », leur criais-je quand j'étais sûre que personne ne m'entendait.

Après des années d'absence, je ne pouvais pas ignorer la folle montée des eaux. L'île de Sein ne se ressemblait plus. Il y avait des traces de dents sur les plages et les dunes rongées par le bas menaçaient de s'écrouler. Il y avait des galets humides au milieu des chemins, des algues coincées dans les jantes des voitures, des fissures prolongées sur les lames de béton qui servaient de remparts et une maison, sur les quais, n'avait plus de vitres. Voilà pourquoi la sortie de James n'a provoqué ni ironie ni sarcasme, mais a fait atterrir mon désespoir. J'ai été triste de ce qui nous attendait en tant qu'espèce. Nous enfoncer.

Ce soir-là, dans mon lit, j'ai écrit à Sacha un message digne d'une génération future, plus radicale que la sienne. J'ai produit un discours plus furibond que son *thread* cannois, la catapultant par surprise, elle, la jeune militante de la génération Z, dans le camp des grandes molles et des pouffes insensibles. Dans ce message, j'utilisais plusieurs fois sans la sourcer l'expression de Marx, « le gaspillage considérable du capitalisme ». J'appelais à l'aide. Mon SMS se terminait par : « Des visages de granit, des dieux, sombrent. »

Elle a dû penser que j'étais devenue folle, que c'était ça, la psychose. Que la rude vie de Sein m'avait terminé la tête. Aucun arbre ne poussait sur cette île battue par les vents et si la sève ne montait pas dans les troncs, que dire du sang dans le cervelet, avait-elle sûrement pensé, bouffée par l'inquiétude. Je pleurais pour des pierres, ce qui était de l'anthropomorphisme caractérisé. Fallait-il prévenir quelqu'un à AZ, Aristote ou la dame frisée des RH ? Sur les conseils de sa grande amie aux cheveux verts, elle avait posé un RTT pour me rendre visite un long week-end. Le lendemain, j'ai relu le message délirant que je lui avais écrit sans m'y reconnaître.

8

Attachement

Sacha est arrivée sur l'île un vendredi matin, à la fin du mois de mai. En allant la chercher à l'embarcadère, j'ai pensé à mes enfants (tous deux avaient natation en fin de semaine, j'espérais que Marcus n'avait pas oublié leurs bonnets). Le ciel colorait l'espace comme une tente bleue. Du quai, j'ai vu l'*Enez Sun* fendre une mer agitée et brillante. Un quart d'heure plus tard, Sacha en est descendue d'un pas dynamique, me cherchant partout du regard, même vers le large. Elle portait une jupe en velours, des collants troués et ses éternelles Converse du même jaune que les micros de *Bonne journée !*

Sa tête en boulet de canon était surmontée d'un bonnet rouge en laine molle. *Salut ma boule de Noël*, ai-je crié. Elle m'a vue. J'ai souri et ouvert les bras, et j'ai attrapé son sac à dos dans mon étreinte globale (en subissant un violent inconfort, car sa gourde rebondissait sur ma cuisse et sa longue mèche solitaire, passée sur le côté, me chatouillait le nez.) Après ça, on a marché côte à côte, silencieusement, le long du quai. Elle ne savait pas comment s'adresser à la version maritime de « Léonore de Ka » et je n'arrivais plus à lui parler non plus. J'ai renoncé à prendre la rue qui entre dans le bourg et mène à Ti Bihan et proposé qu'on poursuive sur le quai. J'avais aperçu James et Sam assis à leur table habituelle, en terrasse du QG, et j'ai pensé que leur présence faciliterait les choses.

Les présentations ont donné lieu à de la gêne et quelques bruits de chaises. Assise en face de moi, Sacha élargissait les yeux. *C'est bon maintenant, remets-toi, oui c'est bien moi et oui, ce sont mes amis.* Au bout d'un moment, James a fait remarquer que la distance entre notre table et la mer était presque aussi petite que celle entre notre table et le fond du café. « Et vous voulez voir quelque chose », a-t-il dit en sortant de la poche poitrine de sa salopette d'anciennes photos du port, images où l'on pouvait observer de longues étendues de sable, des plages normandes, au pied de ce même quai. En inspectant ces impressions du site Gallica, des clichés centenaires, Sacha a produit pas mal d'onomatopées de la catastrophe, des *houloulou* et des *ohlala*, puis elle a confié avec gravité que la lutte contre le réchauffement climatique était sa mission sur terre. Elle attendait d'ailleurs une réponse du *New York Times* pour un poste au sein d'une cellule d'enquête consacrée au climat, c'était le job de ses rêves et elle était en finale, a-t-elle dit, excitée et fière, avant de se souvenir que j'étais là et que ça me ferait quelque chose.

Elle allait quitter le cube, la télé, ce média dont elle détestait les mises en scène puisque tourner consiste la plupart du temps à demander à des gens de rejouer *ce qu'ils font d'habitude, en mieux.* Si je revenais un jour à AZ, plus de queue de rat, de barres de chocolat bio, de questions ineptes, de glissés de chaise. James et Sam lui souriaient poliment : le *New York Times* ne leur inspirait rien. Enquêter sur les pollueurs, c'était comme prouver que Gargamel mange des Schtroumpfs, tout le monde le sait, alors pourquoi se casser le cul à l'établir, pensaient-ils. Devinant leurs réserves, Sacha a expliqué pourquoi le *name and shame* des industriels était le seul moyen de les pousser dans la transition écologique. « L'enquête, c'est du journalisme d'impact, a-t-elle dit, le seul qui ait du sens avec le grand reportage, qui a aussi ses lettres de noblesse. »

Sam a répondu : « Oui, je vois comment ça peut être utile. » Sacha pratiquait une écologie mondialisée et statistique, tandis que James et elle avaient le cœur et les pieds dans l'eau. Et non, en vrai, elle ne voyait pas.

Pour combler le vide, James s'est ensuite lancé dans un monologue sur la qualité de vie en Bretagne, avec un ton péremptoire qui ne lui ressemblait pas, puis lui et Sam sont partis ouvrir l'école de kayak parce qu'il était 11 heures. J'ai proposé à Sacha qu'on aille déjeuner à la crêperie, elle ouvrait à midi, mais on pouvait marcher lentement et s'arrêter en chemin pour acheter des cartes postales. En déambulant dans le bourg, elle m'a parlé de la Belgique. Ses parents avaient renoncé à divorcer sur le parvis de la mairie, et sa sœur, qui s'était mariée avec un mec cisgenre, ne parlait plus de maternité solo. Elle était redevenue banale, rangée. Nous avons acheté deux cartes postales chacune.

Le restaurant était vide. Le carrelage marron et les

baies vitrées sur la mer n'avaient pas changé depuis mon enfance. Sacha avait un nouveau tatouage sur l'avant-bras, une équation avec les termes CO_2 et PIB. Ça n'était pas beau. Après un long silence, je lui ai demandé de ne rien me dire sur AZ, sur Yvonne, de ne rien me dire sur Paris, la France, la guerre, Aristote ou Alexis. Elle a proposé de critiquer Irina, « détestable » depuis son retour d'Ukraine. J'ai dit non, ça non plus, désolée. Son regard s'est voilé, elle a plongé son menton de bouledogue contrarié dans le menu en cuir avec le mot *crêperie* cousu en lettres d'or. Nous avons commandé du cidre et deux complètes, puis, une fois la serveuse repartie, elle a brutalement demandé ce que je foutais là. « Je suis de ton côté, mais j'ai du mal à comprendre. » J'ai répondu que je reprenais des forces et que si le *New York Times* ne la recrutait pas, mon plan était qu'on ouvre ensemble une librairie comme celle de *Coup de foudre à Notting Hill.* « Avec une devanture bleue ? » « Oui c'est ça », ai-je souri. Elle a levé les yeux au ciel.

Et en la voyant remplir son bol de cidre à ras bord, un goutte-à-goutte pour laisser le temps à son exaspération de diminuer, j'ai pris conscience que je la malmenais. J'ai réalisé le nombre de kilomètres dans ses jambes, la multitude de moyens de transport utilisés pour venir me voir (métro, train, car, bateau) ; j'ai ressenti la violence de lui imposer une nouvelle personnalité. Bref, j'ai eu pitié d'elle. J'ai levé mon verre et pris ma plus belle voix de télé pour déclamer : « Bonjour tout le monde, bonjour Alexis, aujourd'hui nous recevons la porte-parole du gouvernement, Aurore Chmulbluk. Mais d'abord, Aurore, répondez sans réfléchir, Lionel Jospin ou Michel Rocard ? »

« Ah revoilà la fille de la matinale ! » s'est exclamée Sacha. Après ça, on a longuement parlé des avantages et des inconvénients du poste à New York. Tout s'est bien passé jusqu'aux crêpes au sucre.

— Bon, je suis quand même inquiète pour toi.

— Y a pas de raison. Je m'identifie à des rochers, c'est tout.

— C'est bien ce que je dis.

— Tu veux une autre crêpe ?

— J'habite Montparnasse, Léo, j'ai trois crêperies en bas de chez moi.

— Eh, me parle pas comme ça, je suis ton aînée. Quel est ton problème ?

— Mon problème, c'est que j'y comprends rien. Je pensais que tu faisais un burn-out, que tu en avais marre du *bullshit* de la télé, des formations, des réveils la nuit, que tu prenais du temps pour souffler et redonner du sens à ta vie, réfléchir à ta relation avec Alexis, aussi, peut-être, ce que je comprenais très bien. J'approuvais. Mais en fait, non, tu me tiens des discours anticapitalistes qui ne te ressemblent pas, et surtout, tu délires à propos de formations en granit. C'est quoi le rapport entre ton épuisement professionnel et des cailloux ?

— Le rapport, c'est la disparition.

— De qui ?

— D'eux et moi. C'est l'histoire d'une fille qui craque sur une île qui coule.

— Quoi ?

— C'est simple, je te parle d'une noyade généralisée. Je disparais, l'île de ma famille aussi. La disparition est totale.

— Et alors, on fait quoi ? Tu sais que dans deux millions d'années notre système va entrer dans une bulle nommée Ophiuchus, qui risque de détruire l'héliosphère et faire disparaître la race humaine bien avant la fin du Soleil. À côté, ton affaire de cailloux me paraît un peu anecdotique.

— OK, Jamy. Viens, on va poser tes affaires à la maison et je vais te montrer.

Sacha a adoré la maison et s'est extasiée dans chaque pièce. Dans la chambre de mes parents, elle a branché le chargeur de son téléphone près de la table de nuit de ma mère. Pas de chance, me suis-je dit, elle a choisi le côté triste du matelas. Je lui ai aussi prêté les bottes rouges maternelles, jamais enfilées avec bonheur, toujours enfilées dans une attitude de défi, et je ne peux pas m'empêcher de penser que c'est peut-être à cause de ces ondes négatives qu'elle est repartie aussi vite.

Une heure plus tard, à marée basse, l'île commençait à ressembler à une jupe tombée sur le sol. La tête de Sacha était dans les hortensias du jardin, elle essayait de les sauver ou de les manger, je ne sais pas. « Tournée des menhirs ! » ai-je annoncé avant de refermer la fenêtre du salon dans le tempo exact de Mamm autrefois. Après cinq minutes de marche dans le bourg, nous étions déjà quai des Paimpolais, à côté du petit phare de Men Brial et de l'embarcadère, au point précis où, lorsqu'on regarde un rocher de derrière, apparaît un profil avec une coiffe bretonne.

La Sénane, comme on l'appelle ici, a des grandes joues lisses, un nez d'homme et un menton qui tombe. Elle surveille la mer pour les autres, la Bretagne, la France, la Suisse, la Pologne, ce qui fait d'elle une personne serviable. Mais elle a une anomalie : la forme horizontale qui prolonge son visage lui donne l'air d'un millepattes. Il faut cacher un œil avec le plat de la main pour ne pas voir cet horrible défaut morphologique. Nous l'avons fait.

Plus loin, je lui ai montré l'homme au nez qui fuit vers l'avant et le Sphinx, qui protège l'île des démons. Son profil ne paie pas de mine, ai-je admis, son crâne a la forme d'un chou-fleur, ai-je également concédé. Mais à l'heure où le soleil se couche, cet homme sans charisme réserve de grandes surprises. Le trou au niveau de son œil laisse passer des rayons rouges. On comprend mieux l'idée du Sphinx.

J'ai proposé qu'on assiste à ce spectacle de laser, le lendemain soir, avec une bonne bouteille de vin, « ce n'est pas le Puy du Fou, mais pas loin, tu verras ». « Avec joie », a dit Sacha en bâillant. Ces fantasmagories lui rappelaient ses parents artistes et *flyés*. Je lui ai indiqué au loin le fameux phare noir et blanc de l'île de Sein, la petite chapelle Saint-Corentin, construite sur un lieu saint en l'an 445, avec ses minuscules vitraux ainsi que le monument aux morts dédié aux Forces françaises libres engagées dans la Résistance. « Il va terminer sous l'eau », a dit mon amie, dépitée. Oui, c'était l'idée. Elle a voulu qu'on s'en approche pour rendre hommage à la « terre de courage » qu'a été l'île de Sein, selon l'expression gaullienne, mais déçue de son intérêt exclusif pour le *vrai* patrimoine, j'ai dit qu'on n'avait pas le temps et je l'ai tirée par la manche direction la presqu'île de Kilaourou.

Il nous restait une heure si on voulait revenir de là-bas avec les genoux secs. On a marché au pas de course jusqu'au bout du quai des Français-Libres, le plus au sud des deux. Ses jambes avançaient comme des échasses et je trottinais à côté d'elle. On a marché l'une derrière l'autre, sur le rempart-passerelle en béton qui mène à une première terre orpheline aux contours flous, puis on a emprunté la langue de sable, couverte d'algues glissantes, bordée et léchée de chaque côté par la mer et inaccessible à marée haute, qui mène à la presqu'île de Kilaourou.

La dodue île de Calabre (carte maritime de 1750), devenue Kélabrou, puis Kilaourou sur les cartes actuelles, ressemble désormais, à cause de la montée des eaux, à un monticule de sable sans avenir. Tout au bout de cette lande couverte de galets et de broussailles, un banc en bois troué par des herbes rousses affirme qu'on n'ira pas plus loin. Nous nous sommes assises chacune à une extrémité du banc. À droite, la pointe du Raz, le bout de la Bretagne. En face, le Gouelvan. Devant ce menhir, mes paupières se gonflaient de tendresse. Et rien qu'en parler, là, ça recommence. Ce rocher m'obsédait aussi sûrement qu'il s'éloignait du rivage. Il fut un temps où les meilleures patates poussaient tout autour de lui et nourrissaient les Sénans. Il se situe désormais en pleine mer, à une distance que le regard abandonne vite.

En breton, *Gouelvan* signifie « plainte », « lamentation », « tristesse », mais en privé, moi, je l'appelle le Gou, ai-je confié à Sacha, ayant à cet instant la nette sensation d'être pénible. Où sont passés le cynisme et le snobisme de la plus connue des présentatrices télé, devait-elle se demander. « Au cas où ta vue ne serait pas bonne, ai-je poursuivi, le Gou a un front bombé, des yeux qui tombent, comme s'ils avaient fondu sur un nez écrasé, et une bouche résignée. Les oiseaux qui sont posés sur sa tête forment une coupe dégradée très actuelle. » Sacha a plissé les yeux, pour mieux voir ou pour exprimer son scepticisme. Puis elle a dit :

— Alors selon toi le Gou vit une torture de plusieurs siècles.

— Oui, c'est la fin. Il sera bientôt sous l'eau.

— Je ne comprends pas, Léo.

— Comment tu peux ne pas comprendre, toi, l'ayatollah du climat ?

— Je combats les conséquences graves du réchauffement climatique. Les incendies, les populations déplacées, les famines.

— Arrête de rationaliser. Je te parle d'une émotion. Quand le lieu arpenté par un homme disparu disparaît, cela double sa disparition. Selon un principe mathématique simple. 0 + 0 = 0. On atteint le néant.

— Et tu es contre le néant, je présume ?

— Oui.

— Mais là, en l'occurrence, ce n'est pas l'Islande qui disparaît. On est d'accord ?

— C'est un visage.

C'est à ces mots que Sacha a compris qu'elle ne pourrait rien pour moi. En descendant du bateau, ce matin-là, elle s'était crue capable de me rappeler à moi-même. Elle pensait pouvoir me remettre dans des taxis G7 et me renvoyer déjeuner au Select tandis qu'elle irait sauver le monde à New York à coups d'enquêtes et de datajournalisme sur l'écologie. Comme c'était impossible, il n'y avait plus qu'à boire du vin, complimenter mes menhirs à forme humaine, les lasers qui passent à travers, et repartir en me promettant de me donner des nouvelles.

En remontant vers l'île principale, nous sommes passées devant la mystérieuse cabane qui doit figurer en photo dans le dossier de justice. Elle a des murs en pierres empilées, un toit en bois, bâché à certains endroits, et une petite fenêtre carrée. À l'intérieur, il y a de grands draps jaunes, bleus et roses tendus pour isoler l'habitation des gerbes d'eau, une vieille table grignotée par le sel, avec, au centre, une bougie fondue dans un bougeoir, lui-même posé sur un papier collé à la table, sur lequel est écrit, deux fois, symétriquement, de part et d'autre du bougeoir, un petit mot au feutre noir et en lettres bâtons : « IT DOESN'T MATTER WHEN IT'S LOW TIDE WHEN YOU'RE IN THE ROOM », que je traduis ainsi (faites mieux) : « L'heure de la marée basse n'a pas d'importance quand vous êtes dans la pièce. »

« Ce message manque de clarté, on ne comprend pas son intention », s'est inquiétée Sacha, en le prenant en photo. Était-ce une sorte d'ermite qui nous invitait à occuper sa maison en toutes circonstances ? « Se retrouver ici la nuit doit être effrayant », a murmuré Sacha, en tâtant le toit. Et même si ça ne peut pas être à cet instant que j'ai eu l'idée de faire ce que j'ai fait, puisque Alexis n'avait pas encore posé un pied sur l'île, cette phrase a dû cheminer dans mon inconscient. Je ne dis pas que tout est la faute de Sacha, notez bien. Je dis seulement que les idées sont toujours des œuvres collectives.

Plus tard, dans la maison, Sacha montait et descendait l'escalier, oubliant chaque fois quelque chose en haut. J'ai pensé que j'avais réussi à l'émouvoir avec le Gou. Le soir, j'ai réchauffé de la soupe de poissons dans une casserole cabossée. Assise, les bottes rouges de ma mère repliées sous ses fesses, Sacha scrollait son Instagram militant, qui se reflétait dans ses yeux. J'étais heureuse de l'avoir avec moi. J'allais balancer des croûtons en sachet dans la casserole quand j'ai senti sa main se poser sur mon épaule et la serrer doucement. J'ai su que la paix intérieure prenait fin. Elle m'a murmuré dans l'oreille gauche qu'elle devait repartir le lendemain.

Une réponse positive du *New York Times* était arrivée par mail, quand j'étais sous la douche. Je ne l'avais pas entendue crier de joie. Elle avait si peu l'habitude de prendre l'avion qu'elle ne savait pas où était son passeport. Elle partait aux États-Unis dans dix jours. J'ai souri par-dessus la déception. Comment avait-elle fait avec son anglais approximatif ? Allais-je pouvoir supporter la solitude après son départ ? Était-elle vraiment obligée de raccourcir son séjour ? Fallait-il penser à rentrer, moi aussi ?

Au lieu de me réjouir avec elle, je lui ai proposé de dîner et de jouer au Uno. J'étais absente à ces parties et en fort déficit de points, mais je me souviens qu'il était minuit passé quand je l'ai entendue prétendre qu'elle comprenait mon émotion à propos des menhirs. « Mais n'hésite pas, quand même, a-t-elle dit pleine d'affection, à te renseigner sur les cabinets de psy d'Audierne pour trouver un moyen de la dépasser. » Sa voix me parvenait de loin. Puis, au moment où j'ai compris qu'elle allait monter se coucher, j'ai sorti deux galets du tiroir des couverts de la table. Ronds, noirs et très lisses, des yeux de dragon. Je lui en ai mis un dans chaque main. « C'est pour mes fils. Donne-leur et dis-leur que je reviens bientôt et en pleine forme. » Elle a hoché la tête. J'ai rempli les deux cartes postales. *Je pense à vous*, ai-je écrit sur la première. *Toutes les heures*, ai-je ajouté sur la deuxième.

Il y a eu un long silence, puis Sacha a déclaré qu'elle préférait la femme aux galets à la femme aux audiences. J'ai répondu que j'avais toujours aimé les galets, les coquillages et les nuages, mais que flatter cette tendance ne m'aurait pas permis de faire carrière. Il avait fallu camoufler ma mélancolie jusqu'à ce que mon corps l'impose. Je n'avais pas changé, mais craqué. « Et tous les gens qui craquent se ressemblent, ils se replient sur la nature », ai-je ajouté. Je lui ai dit d'aller dormir, de me laisser ranger, elle est montée et j'ai lancé les Smiths sur Apple Music : un truc de votre génération, non ? Comme il n'y avait plus de liquide vaisselle, j'appuyais sur le ventre de la bouteille avec désespoir. Je ranimais le Paic citron. Et moi avec.

Avant de me mettre au lit, je suis allée m'asseoir quelques minutes par terre devant la porte de la chambre de Sachou et j'ai écouté le son de la jeunesse, celui des vidéos TikTok qui se déclenchent toutes seules. Je me suis demandé comment on pouvait être écolo, maîtriser la courbe des degrés, et ne pas s'émouvoir du sort du Gouelvan. Je me suis demandé si elle était une fausse écolo ou si j'étais une vraie folle. Je me suis sentie plus seule que jamais. Le dernier rempart a sauté.

Le lendemain matin, Sacha a pris le premier bateau. Je n'ai pas bougé de mon lit. Je ne supporte pas les au revoir. Rester sur une île, quand les autres partent, donne l'impression d'être laissé en arrière de la vie, de façon définitive. Plus tard, je me suis levée. Sur la table de la cuisine, mon amie avait laissé un dessin sur une fiche Bristol. Le Gouelvan, dont elle avait dessiné tous les détails, disait dans une bulle de BD : « T'inquiète pas trop pour moi quand même, je fais la gueule depuis le début. »

9

Passage à l'acte

Le matin de son départ, j'ai traversé une phase d'agitation. Mes tempes pulsaient à quatre temps : quelle – est – la – suite ? En l'absence de Sacha, la maison redevenait celle d'une femme que je n'avais pas aimée ou, en tout cas, pas au point de me fondre dans ses habitudes. Je redoutais de me réveiller transformée en elle, un matin. Je ne supportais plus ces poissons qui valsaient dans les courants d'air. Les activités puériles d'ébénisterie d'une femme autoritaire sont dégoûtantes, ai-je pensé. Maison moisie. Glaciale. Hostile, étrangère. Meubles dépareillés et pathétiques. Murs jaunâtres. De retour dans mon lit, l'ordinateur sur le ventre, les pieds froids, le reste froid aussi, et angoissé, je jouais avec le site des bateaux et testais sur moi l'effet des dates de retour. Dans deux jours, deux semaines. Alors, qu'en dis-tu ? J'en disais qu'il aurait fallu un plan. Que je n'en avais pas. Que mon avenir ressemblait à un chapeau de magicien vide.

Lorsque j'ai cliqué une énième fois pour rien sur Gmail, son nom est entré en diagonale dans mon œil droit. Tir à l'arc, flèche, poison, paralysie totale, courte, une seconde. Depuis la fin de notre relation, ces six lettres ne s'affichaient que dans le WhatsApp de la matinale – où l'on parlait de l'actualité et des invités. Du temps de notre histoire, déjà, il apparaissait peu. Cet homme ressemblait à un gant de base-ball – qui encaisse l'énergie cinétique des autres. À part cette glace au caramel, il n'a jamais rien proposé. Répond par oui, non, la fonction pouce. S'arrange pour que vous réclamiez ce qu'il désire. Et si des erreurs ont été commises, c'est parce qu'on l'a entraîné, forcé. Les choses lui tombent dessus, il n'est responsable de rien. J'ai passé ma souris sur le mail : 9 h 02, un samedi. Date : 28 mai 2022. Il lui avait fallu deux mois pour se manifester, sans introduction ni majuscule : « comment vas-tu ? » Trois mots perdus dans un univers blanc. Comment j'allais ? J'étais en fuite, bouffon. La concision, l'indifférence, la banalité du message ont réveillé la folle cavalerie des reproches, les sabots plaintifs. Cette force autonome, qui m'a fait écrire à toute vitesse :

Salut Alexis, figure-toi que ça ne va pas fort, sûrement encore plus mal que le jour où tu m'as quittée. T'en souviens-tu ? Je suis en colère contre toi : tu as mis une éternité à prendre de mes nouvelles et ne le fais que parce que tu dois penser que je vais mieux. Que tu es passé entre les gouttes ! Que je ne pleurerai pas sur ton épaule. Je ne pensais pas que tu atteindrais ce niveau de rien à foutre de ma vie. C'est un apprentissage permanent de te côtoyer. Il faut placer les curseurs de générosité de plus en plus bas, mais quand on approche de l'infiniment petit, qu'est-ce qu'on fait, on abandonne ? Cela paraît raisonnable, mais qu'est-ce que ça signifie en termes d'énergie investie à blanc et de temps perdu ?

Trois minutes après, il a répondu :

Je suis content que tu ailles mieux. J'étais très inquiet.

J'ai répondu :

Ce n'est pas vrai, tu l'aurais dit.

Il a répondu :

J'aurais dû te le dire.

Après avoir jeté ma couverture par terre, j'ai répliqué :

En fait, je ne suis pas en colère, mais triste. Tu fais partie des dix personnes les plus importantes de ma vie, ou allez, des cinq. Je sais que tu détestes que je dise que j'ai quitté Marcus pour toi, mais c'est ma meilleure piste. Ma vie avec lui était rose pâle, mais tout à fait supportable. Je l'ai foutue en l'air pour un mec qui voulait presser mes cuisses. T'étais aussi « content » quand je te proposais de déjeuner et que ça dérapait sous un porche. Mais c'est pas une relation, ça. C'est de la conso, un supplice, du conditionnement, des sauts de fréquences radio, des quarts de vie empilés. C'est violent. Une histoire d'amour, par définition, se déploie. Quand ça bloque, c'est autre chose. Une issue à ton désir. Un frisson narcissique. La vérité, j'ai mis du temps à l'admettre, c'est que pour toi, moi ou une autre, c'est pareil. Moi, pourquoi pas, le courant passe, c'est compatible. Mais je ressentais ton impatience quand je parlais dix minutes d'affilée. Tu voudrais les yeux admiratifs, mais pas les cordes vocales. Pas les remarques sur nos invités. Pas les bémols, les problèmes, les baisses de régime, les reproches, tout ce qui n'est pas du jeu de séduction et de l'admiration te fait bâiller. Une fois que j'ai dit ça, cette scène de ménage me donne envie de me vomir moi-même. Elle est humiliante. Rassure-toi, mon exil n'a rien à voir avec toi. Je ne t'ai pas fui, j'ai coulé de façon globale. Ici, je remonte la pente. Ce sont les rochers qui coulent, ça repose. Merci pour ton mail. Tu peux dire aux gens concernés que je ne rentre pas tout de suite.

L.

Avec le recul, un vrai ton de pimbêche, cette alliance d'agressivité et de maturité, cette manière affectée de signer d'une initiale, façon, je m'en rends compte, de se donner de l'importance, de se faire passer pour un personnage de roman, de charger de sens une pauvre lettre. Mais au moment d'envoyer ce message, j'en étais fière, surtout de la ligne sur les cordes vocales. Je tapais dans le mille. Et j'en étais sûre : acculé, Alexis avalerait sa salive trois fois avant de me répondre avec du *gaslighting* de haute volée. *Tu es hystéro-romantique, intense-dépressive, plus proche de ta mère que tu ne le crois.*

J'étais prête.

Comme vous êtes vieux, j'explique le *gaslighting*, peut-être. C'est le mot et le mal de l'époque, si vous voulez rester *in*, comme vous disiez à 20 ans, prenez des notes. Pardon, je rigole. Encore des ordres, je suis désolée. Le *gaslighting* est une technique qui consiste à décrédibiliser la parole de l'autre, à le faire douter de lui-même, de ses perceptions. Le ciment des violences psychologiques. Le principe consiste à souligner la subjectivité d'une parole pour lui faire perdre tout son crédit. Le résultat, c'est l'annulation du processus critique. Un monde renversé.

Celui qui a tort a raison. Celui qui lui disait qu'il avait tort est fou. À sa manière, le RN en a une maîtrise parfaite – lorsqu'il qualifie les critiques légitimes qu'on lui adresse d'insultes faites aux Français.

Donc j'étais prête pour le *gaslighting*.

J'allais recevoir, j'en étais sûre, quelques lignes du genre : *Belle intensité dramatique. Toute la littérature russe en vingt lignes.* Ou : *C'est pas ça la violence, Léonore.* J'attendais, la respiration courte, mais j'ai reçu : *J'arrive.* Mon visage, éclairé par la lumière bleue, est resté sans expression. Mes doigts pétrifiés se sont joints au clavier. Comment pouvait-il arriver alors que, la plupart du temps, il n'admettait même pas que nous avions été ensemble (« comment ça nous ??? »). Comment pouvait-il passer d'une question de machine à café, d'un *comment vas-tu ?* détaché, à un tel effort physique ? Ce *j'arrive* était forcément un coup bas, une blague pour se moquer de mes « attentes astronomiques ».

J'ai lancé mon ordinateur sur le lit. J'ai pensé à la boîte située dans le meuble aux miroirs coulissants de la salle de bains. Au milieu des vieilles boîtes de Doliprane de Nicole, les anxiolytiques du cousin Pierrick Charles. J'ai filé en prendre un les pieds nus sur le carrelage. De retour au lit, mes paupières se sont fermées à moitié comme celles des bébés qui s'endorment en voiture, et elles sont restées comme ça très longtemps, effet sur moi des médicaments qui se terminent en *-ax* ou *-am*.

À mon réveil, j'ai commencé à m'en vouloir. Réclamer en boucle de l'amour aux gens relève d'un comportement problématique. Ce que je cherchais avec Alexis, c'était la jouissance hypothétique que me procurerait son *abdication psychique.* Mettre son indifférence, sa tour de contrôle, son narcissisme à genoux, ce qui était impossible. J'ai enfilé le jogging large qui tombait sur mes hanches, j'ai noué une queue-de-cheval haute comme celle que Mabel, de la télé, aimait, j'ai enfilé une doudoune sans manches de propriétaire inconnu et j'ai rejoint Sam à l'école de kayak, les poings crispés dans mes poches. Il était midi et des coquillages. J'étais une fille du coin, maintenant.

J'ai nettoyé les kayaks pour enfants avec un tuyau d'arrosage effrité, les pieds dans la boue. J'ai nourri le chien Pedro et tapoté la tête d'An-Avel qui lisait des aventures de pirates assis sur un tronc coupé, j'ai bu des litres de café et raconté à Sam la vie de Sacha à gros traits, en la caricaturant. Je disais en gros, elle est comme ci, en gros, elle est comme ça. Sam n'était pas concentrée, disait juste « ah ouais ? » de temps en temps. Elle rangeait des pagaies à la verticale. Mes enfants me manquaient. Il s'est mis à pleuvoir et Sam m'a tendu une pile de seaux jaunes mouillés à mettre à l'abri dans le hangar. « Tu crois que tu peux aider encore un peu ? » J'ai posé la pile à côté d'échafaudages insectoïdes. Qu'est-ce que je foutais dans cette grange ? Plus loin de mes affiches de métro, je ne pouvais pas.

En rentrant le soir j'ai déplacé les anxiolytiques de la salle de bains à la cuisine, pour ne pas être tentée d'en reprendre pour dormir. Je commençais à avoir peur de moi-même. La phrase de Pierrick Charles sur la dépendance n'était pas négligeable.

Cette nuit-là, j'ai laissé mon téléphone allumé. À 11 heures le dimanche, après une nuit hachée et une matinée à comater, il a vibré. Le SMS disait : *Pourquoi les Bretons sont-ils aussi grands ?* Mon cœur s'est soulevé, mais il n'est pas tombé dans mon utérus. L'homme de Sète était sur mes terres, c'était un bug du destin ou rien. Assise sur mon lit, j'ai ressenti la joie nerveuse des retournements de situation. Alexis allait me dire : après cinq ans de chaud et froid, il est temps d'appuyer sur le bouton sous mon aisselle qui active l'empathie et me voici aimant, amoureux et généreux ! Je suis un mec bien, prêt à t'aimer, à qui tu manques, tout le temps et pour toujours. Le courage sans cesse m'étreint.

J'étais encore sur mon lit, les jambes nues, quand je me suis mise à douter. Et après ? Mon Dieu, qu'allais-je faire de ce célibataire alcoolique ? Notre relation consistait à faire vivre une hypothèse de couple. Moi en la réclamant, lui en l'esquivant. Alexis devait être séduit, convaincu, mais il n'était pas l'HDDM. L'homme du dimanche matin cuisine des œufs à l'anglaise et les entoure de rondelles de tomate et d'avocats tranchés. Il veut être applaudi pour ça, bien sûr qu'il veut être applaudi, c'est un homme, mais il est gentil. Comme Marcus, il pose vos pieds sur ses genoux au cinéma, fait tomber vos chaussures, retire vos chaussettes, masse, reprend quand il réalise qu'il a arrêté à cause de l'intrigue, reprend plus fort et mieux, puis, à la fin du film, remet tout, chaussettes et chaussures, et vous demande où vous voulez aller manger. Il fête les anniversaires et offre des cadeaux, mais j'en ai déjà parlé. Vous allez croire que les cadeaux m'obsèdent.

J'en étais là de mes réflexions quand Alexis a envoyé un SMS avec sa localisation Google Maps. Il était quai des Paimpolais, alors j'ai cessé de réfléchir. Sans veste, sans clé, j'ai couru. « Alexis sur l'île de Sein », « Freud dans la cuisine », « Marx dans la piscine ». C'était dingue. Deux visites coup sur coup, c'était tout aussi dingue, du théâtre de boulevard. Je courais si vite que les maisons du bourg sautaient en rythme sur les côtés. Mes bottes faisaient *couic couic*. Puis j'ai vu mon amant de loin et les bottes se sont tues, comme abattues en même temps par des pistolets à bottes.

Le ciel était laiteux et tendre et lui, en dessous, l'opposé de tout ça. De haut en bas, ses cheveux argentés faisaient des vaguelettes, son visage était sérieux et fermé, il avait son téléphone pliable à l'oreille, une clope à la main, des éclairs gris à la place des sourcils, des lunettes teintées, il portait son habituelle veste de costume en laine noire (trop chaude) sur une chemise à carreaux fermée jusqu'en haut, un jean, son sac de week-end en toile kaki avec des anses en cuir était coincé entre ses jambes, pour qu'il ne touche pas le sol. Il promenait son look plus parisien que parisien. Son corps était tendu.

En me voyant approcher, il a fait un signe d'essuie-glace avec le bras de la cigarette. Je ne devais ni parler ni avancer. J'ai pointé le QG du doigt, il a hoché la tête et il a lancé son sac derrière l'épaule. Je marchais, il me suivait un peu en arrière. Il était en négociation pour une interview de la Première ministre. En mode automatique, Alexis disait : « Cela permettrait à la nouvelle PM de parler à son hémisphère gauche avant l'été. » À hauteur du QG, je l'ai attrapé par le coude pour qu'il entre avec moi dans le bar. Ma chance, c'est qu'il n'y avait personne le dimanche matin. James et Sam n'étaient nulle part, Alexis les aurait regardés comme des jongleurs de rue, eux auraient distingué le sociopathe qu'il était, et tout le monde aurait commencé à se méfier de moi.

On s'est installés au fond de la salle, à une table de quatre, lui et moi en diagonale. Alexis rappelait nos chiffres d'audience avec orgueil. Parlait-il à Perrine la cheffe de cab ou à Lucas l'attaché de presse ? La possibilité d'une déclaration d'amour devenait infime. J'ai fait signe à Briac qu'on voulait deux cafés. Je n'ai pas grand-chose à vous dire du vieux Briac à part qu'il est taiseux, et qu'il porte, absolument tout le temps, un bonnet vert tricoté à la main par lui-même, stylé. Ce que je sais c'est que les gens qui portent tout le temps des bonnets, comme moi, ont besoin d'être câlinés.

Quand les tasses de café sont arrivées, Alexis a dit « et une bière » sans regarder Briac, avant de reprendre sa négociation. Puis, quand il a raccroché, il a aplati l'écran de son portable contre la table sans le plier. Il a avalé le café, mis la tasse de côté, bu la moitié de son demi de bière d'une traite. Il a frotté ses yeux avec les mains. Il a passé ses doigts sur ses sourcils. Puis, avec une colère froide, il a lancé :

— Mais putain, Léonore, qu'est-ce que tu fais ici ? Merde, qu'est-ce que tu fais ici ? T'as entendu la conversation, là ? Tu réalises qu'on continue de travailler sur le continent ? À cause de toi, je passe pour un con tous les jours. Quand les gens me demandent où t'es, je bredouille que t'es malade, en Bretagne. Je dis « elle est malade » comme si t'avais 4 ans… Mais faudrait y croire.

Personne ne te prend au sérieux. Au début, c'était une blague, dans le cube. Depuis avant-hier, c'est devenu un cauchemar. T'as Internet ici ? Tu as lu l'article du *Canard* qui parle de ton burn-out ? Ton arrêt maladie est devenu une affaire d'État, Léonore. Le papier dénonce un management toxique à AZ. C'est évidemment un ramassis de rumeurs bien titrées. « Toxique », j'en peux plus de ce mot. Ari, un mec toxique ? Laisse-moi rire. Aristote ? Le gars qui t'invite au ski et qui te paie 8 000 euros par mois, tu dirais pas plutôt qu'il est sympa ? Et toi pendant qu'on se prend ce torrent de merde dans la gueule, tu fais quoi ? Tu élèves des moutons ? Tu fabriques des pulls, des tisanes ? Tu fais un podcast ? Mais tu attends quoi pour démissionner exactement ? Que les rochers soient sous l'eau ? On peut t'aider ? Donne-moi un tuyau d'arrosage, je te la coule, cette île ! On pourra passer à autre chose. Sérieusement, tu peux me dire ce que je fous là ? Tu te rends compte de la merde dans laquelle tu nous mets ?

J'ai baissé les yeux sur ma tasse vide. Pourquoi avais-je aimé ce mec, déjà ? Son charme de bête noire, oui, voilà, donc je ne pouvais rien attendre d'autre qu'un ignoble comportement de bête noire. Briac désapprouvait le bruit dans son bar garanti sans Parisiens. J'ai dit à Alexis qu'on dérangeait le serveur, il s'est tourné pour lui faire un signe de paix tout en murmurant « j'en ai rien à foutre ». Il a fini sa bière et j'ai négocié un atterrissage :

— Je croyais qu'Yvonne avait été testée ? Elle ne peut pas me remplacer ?

— Elle l'a fait avec talent pendant les vacances, mais elle ne peut pas te remplacer éternellement à moins de quitter *Le Figaro*. On l'embauchera si tu démissionnes.

— Je vois. Et en interne ?

— Il n'y a personne de ta carrure, non.

Il voulait dire charisme, sa dyslexie courait en liberté, ce qui n'augurait rien de bon. J'avais deux solutions : soit l'envoyer chier et le perdre aussi vite que Sacha (il se lèverait, quitterait le bar et l'île et j'irais nettoyer des kayaks au tuyau). Soit me laisser le temps de réfléchir. J'ai choisi la deuxième option. J'ai réussi à me reconnecter à mon empathie, à me souvenir d'Alexis mimant le joueur de trompette dans son bureau et d'Alexis formulant les meilleures questions du monde. Au fond, il était aussi malheureux que moi dans ce boulot. Mon départ ravivait sa déprime. Ces dernières années, le rythme s'était accéléré, les séquences *cut cut cut* inspirées et conçues pour les réseaux sociaux régnaient sur l'écran, et plus personne n'avait le courage de prendre le contre-pied, c'est-à-dire de proposer de longues interviews avec des vraies questions. Les réseaux sociaux nous avaient tous transformés en petites boîtes à meuh. Je l'ai regardé avec tendresse. Il avait l'air désespéré.

J'ai proposé qu'on aille chez moi. Sur le chemin, moins colérique, plus paternaliste, il a poursuivi :

— On ne se met pas en arrêt maladie quand on coprésente une matinale, Léonore. Quand on présente la rubrique conso à 11 heures, pourquoi pas, un coup de mou vaut un arrêt, mais pas nous ! Tu poses un lapin à la France entière, tu désertes en pleine guerre ! C'est ton métier d'être là tous les matins, tu entends ce que je dis ? Tu sais bien que les gens ont des habitudes et que s'ils voient une fille différente chaque matin, ils vont à la concurrence. Les chiffres Médiamétrie sont en berne, ce n'est pas une friction (il voulait dire fiction). C'est irresponsable, égoïste. En fait, Aristote a raison de dire que t'es une enfant gâtée. Tu te crois dans un roman de Thomas Mann, c'est ça ? Tu crois que tu peux partir quatre ans en sanatorium, mettre une couverture sur tes genoux, prendre le soleil sur un balcon, regarder les heures défiler, et que tout le monde va t'attendre et te comprendre ? Je me trompe ?! Mais on a changé de siècle, Léonore. On est en 2022. Le pays bascule dans le chaos et le fascisme. Tu prends des médocs comme tout le monde et tu vas au boulot.

Comment savait-il pour Thomas Mann ? (Aristote me traitait d'enfant gâtée, il faudrait analyser cette information plus tard.)

Les pieds plantés au milieu du jardin de Ti Bihan, Alexis a trouvé la maison « pittoresque mais glauque ». Dans le salon, il a posé sans faire gaffe son sac humide sur le fauteuil mortuaire de Mamm, mis sa veste de costume par-dessus, puis, il a attrapé un livre de Nicole dans la bibliothèque du salon, *Lacan, de l'équivoque à l'impasse* de François Roustang, et il s'est enfoncé dans l'autre fauteuil, celui qui est rouge et mou parce que les ressorts sont pétés, une sorte de demi-canapé déglingué, très confortable la première demi-heure, terrible après, en murmurant, « ça, pour une impasse. Mais y a un business plan ». En tournant les pages, il se lamentait à voix haute. « Toutes ces années à plier mes draps seul, à assumer le célibat, pour me retrouver à supplier une gonzesse de rentrer à Paris. Comme si j'avais le temps. Alcoolique et dépressif, c'est un boulot à plein temps. »

Au rez-de-chaussée, je l'ai déjà dit, la cuisine, l'entrée et le salon de la maison sont disposés en enfilade, sans porte. De la cuisine, où je m'affairais, je pouvais voir et entendre Alexis. Dans un placard au-dessus du frigidaire, j'ai trouvé une brique de jus d'orange cartonnée datant elle aussi des années Nicole. Ça irait. Ce n'était pas du Minute Maid, mais tout comme. En mettant un bac à glaçons dans le minicongélateur, j'ai promis à mon ancien amant que je rentrerais d'ici une semaine, le temps de fermer la maison et de me mettre à jour sur la guerre. Je lui ai dit que j'avais consulté les horaires de bateau la veille, ce qui était vrai, et que j'avais posé des options sur des trains, ce qui était faux.

Il m'a demandé de lui envoyer un SMS dans lequel je m'engageais à rentrer d'ici dix jours. J'ai écrit : *je m'engage à être rentrée dans dix jours à Paris.* Il est venu vers moi, satisfait. On a regardé la bulle verte du message ensemble, en voie de redevenir de bons amis.

J'ai versé des chips dans un bol Duralex dont j'ai loué à voix haute la solidité. Il a posé le livre sur le plan de travail à côté de moi. Je remplissais son verre de jus quand j'ai senti son souffle dans mon cou. Au niveau de mon oreille, sa bouche gonflée a dit : « Si tu rentres avec moi, je t'invite à la maison. » Puis, en me caressant le dos, sous mon pull : « Pour plusieurs jours. » Je me suis retournée. Il s'est collé à moi et mon corps s'est raidi, tendu par l'intuition qu'Aristote était avec nous dans la pièce. Soudain, j'ai entendu sa voix déborder d'accent grec : « Alex, mon frère, zé souis désolé, mais avé ces zistoires dans le *Canard*, zé vais devoir sanzer le duo. » (Pardon, je ne sais pas faire les accents.) J'ai posé la question :

— C'est Aristote qui t'a envoyé ici ?

— L'image de la boîte est en péril.

— Je croyais qu'il voulait me virer ?

— Avant tout, il ne veut pas d'emmerdes.

— Donc il t'a demandé de venir me chercher ?

Alexis a desserré son étreinte.

— Il me l'a fortement conseillé.

— Sinon quoi ?

— Sinon, il ne pouvait pas me garantir que la chaîne poursuivrait la matinale avec AZ.

Je me suis retenue de le pousser de toutes mes forces. À la place, je me suis dégagée doucement, j'ai dit « retourne au salon, j'arrive », il a repris son livre, attrapé le bol Duralex, et il s'est éloigné surpris d'avoir été repoussé, mais n'en ayant, au fond, rien à faire. J'ai vu les pilules de Pierrick Charles sur le micro-ondes, j'ai vidé deux plaquettes et j'ai écrasé le tout avec le cul d'une carafe en verre. C'est allé très vite. Je ne sais pas combien de cachets j'ai pilés, mais j'ai récupéré la poudre dans ma main et il y en avait suffisamment pour qu'elle ne s'étale pas sur ma paume. Cela formait un petit tas comme quand on y a versé un trop-plein de sel.

Alexis était de nouveau affalé dans le fauteuil déglingué du salon, avec l'air accablé du mec qui ne peut pas s'enfuir en taxi. Il a posé le livre sur ses genoux et vidé le bol de chips en trois bouchées. Puis il s'est mis à parler tout seul du mercato audiovisuel. Son sujet préféré. Il faisait les questions et les réponses. Dos à lui, au-dessus du lavabo, j'ai jeté la poudre dans son verre et j'ai mélangé la mixture avec un vieux couteau rouillé. J'ai eu l'impression de rencontrer ma vie. C'est le genre de geste qu'on croit qu'on ne fera jamais. Vous devez avoir l'habitude, ici. Dites-moi pourquoi, un jour, on le fait ? Seul le moment compte.

En lui tendant sa boisson, j'ai pensé à *Thérèse Desqueyroux* de François Mauriac. En Bretagne aussi, on liquide les hommes. Alexis a vidé son jus en une longue gorgée et il a posé le verre sur la table basse. Trois minutes plus tard, Lacan tombait par terre, la tête de mon ex-amant basculait en arrière et sa bouche s'ouvrait doucement. J'ai eu de la chance de ne pas l'avoir tué.

Et je ne dis pas ça pour vous faire plaisir.

J'ai pris et jeté par terre le sac d'Alexis et je me suis assise dans le fauteuil vert de ma grand-mère, celui dans lequel elle est morte, pour le regarder s'en aller tout entier.

J'ai repensé à Marcus avalé par son fauteuil club, le soir de la rupture. C'était il y a moins d'un an. S'asseoir à côté de moi était létal, ai-je admis, un peu désolée. Par mimétisme, j'ai fait les yeux blancs et penché la tête sur la droite. Je ne me comprends pas. J'étais régressive, irrationnelle, sans émotion, puis j'ai comme monté huit marches mentales d'excitation. L'introduction de la chanson « Seven nation army » s'est lancée dans ma tête. Puis une idée folle a couronné cette séquence tragique. La voici : j'allais déposer Alexis dans la maisonnette de Kilaourou et l'y laisser pour la nuit. C'étaient les grandes marées. La mer se lancerait à ses trousses. Elle lècherait ses pieds, ses jambes, son visage, elle entrerait peut-être dans les conduits de ses oreilles. Il vivrait la mer totale de mes cauchemars.

Enrobé d'eau, plongé dans un vieux conte breton, Alexis ne se prendrait plus pour une voûte républicaine, un rempart contre le RN, un gardien de l'éthique, un pilier de la démocratie, un IPN du journalisme français. Il serait obligé d'admettre qu'il n'est rien. Le plan évoluait vite dans ma tête, le larguer là-bas est passé de la vengeance pure à un service à lui rendre, la solution pour qu'il ne gâche pas sa vie dans les conducteurs de l'aube. J'avais perdu les pédales, trop d'isolement peut-être.

Au bout d'un moment que je suis incapable d'évaluer, je me suis levée pour agir. J'étais sincère, mais j'avais un problème. Comment transporter Alexis jusqu'à la presqu'île ? J'ai claqué des doigts devant ses paupières pour voir s'il était kaput. Il l'était. Son corps, à ma merci. Je pouvais le tirer par les pieds sur le parquet du salon, le carrelage de l'entrée, ça oui, c'était faisable. Mais pas dehors, ai-je regretté. Pas dans les rues du bourg, le long des passerelles de béton et des langues de sable. Obstacle biologique, son crâne terminerait en sang. Obstacle anthropologique, les gens seraient choqués. *J'ai vu la Parisienne tirer son coprésentateur par les jambes dans les rues, j'ai appelé la police.*

Pour réaliser mon plan, j'avais besoin de la force de James et de la gentillesse de Sam, j'avais besoin de leur non-conformisme et de leur courage. J'avais surtout besoin d'un kayak. Le rivage était à deux cents mètres de la maison, la voie maritime était ouverte. Le kayak longerait l'île vers le sud, vers le Gouelvan, et il accosterait sur Kilaourou. Puis il y aurait encore quelques mètres à faire à pied jusqu'à la cabane en pierre. Tout serait réglé en une demi-heure. Ce projet aurait dû rester au stade du fantasme, de rêve tragi-comique, mais c'était une autre aire de mon cerveau qui avait pris le relais, une aire para-logique, et mes amis suffisamment étranges n'allaient pas m'arrêter. Comment leur présenter la situation ? Mieux vaut improviser, ai-je décidé en allant chercher mon téléphone dans la cuisine. À défaut d'être cohérent, le propos reste naturel. Rétrospectivement, je ne sais pas comment j'ai pu me lancer dans un mensonge pareil.

James a dit allô.

J'ai dit : allô James, il m'est arrivé un truc.

Gaël, un cousin éloigné, a débarqué sur l'île ce matin.

(J'ai bien un cousin qui s'appelle Gaël.)

C'est mon père, à qui je ne répondais plus au téléphone, qui l'a envoyé ici. Il est entré dans la maison dans une rage folle, il tapait du pied (trop de détails, attention). « Tes parents sont inquiets », a-t-il hurlé. Puis, « c'est le bordel ici ».

(Gaël était le petit-fils préféré de ma grand-mère, le fils de sa fille, la sœur de mon père. Il est d'un tempérament colérique. Tout ceci était donc crédible, de mon point de vue.)

Je lui ai demandé de sortir de la maison. Il a menacé de me prendre les clés. Je lui ai ordonné de partir. Il s'est avancé vers moi. J'ai reculé dans la cuisine.

Il y a autre chose qu'il faut que tu saches, James. Gaël est le plus grand pollueur de la région. C'est le directeur de Yara, l'usine d'engrais de Quimper. Un site industriel classé parmi les pires de France, ai-je dit avec ma voix de journaliste télé.

Tu sais ce que c'est Yara ?

Non, a dit James.

Regarde sur Wikipédia.

(Je n'avais plus de limites dans l'improvisation.)

Mon cousin avait les yeux injectés de sang, ai-je repris, alors j'ai saisi à deux mains la poissonnière qui était sur l'étagère. Il a dit qu'il allait m'amener à Bégard, c'est une vieille référence bretonne, Bégard est synonyme d'asile de fous. Alors j'ai frappé. Je l'ai assommé avec la poissonnière. Il est tombé par terre et je l'ai transporté dans un fauteuil. Il y est toujours. Il respire. Je voudrais qu'on le déplace sur Kilaourou.

(Silence au bout du fil, ce qui m'a permis de vérifier que j'entendais toujours, de loin, la basse de « Seven nation army ».)

Allô, j'ai dit.

Je suis là, a dit James. Je ne comprends pas.

Je veux mettre Gaël dans la maison en pierre de la presqu'île.

Hmmm.

Je voudrais que tu m'aides à le transporter là-bas. Il faudrait que tu viennes près d'ici avec un kayak. On le mettrait dedans.

Hmmm.

C'est facile, il dort. Mais j'ai conscience de te demander un gros service.

(*Mi-mi-sol-mi-ré-do-si*)

Tu veux qu'il se noie ?
Non. Je veux qu'il ait peur. Et qu'il ne remette plus les pieds chez moi.
Tu es sûre ?
Oui.
On ne peut pas être condamné pour ça ?
Non. Je l'ai assommé en état de légitime défense. Et ce qu'on s'apprête à faire est l'inverse d'une séquestration. On le met dehors.
Un peu trop à mon avis.
On le relâche dans la nature.

(*Mi-mi-sol…*)

Viens avec Sam, s'il te plaît.
Je ne sais pas.
S'il te plaît ?
Je vais voir.

Dans la cuisine, j'ai terminé la brique de jus d'orange et je l'ai jetée par terre. Puis j'ai attendu, adossée au frigidaire, en regardant Alexis. Sans gloire était l'expression qui s'imposait. Ses lunettes teintées, que j'avais trop vite remises sur son nez, étaient désaxées. Le présentateur préféré des Français bavait. Un fil de salive vivait une épopée sur sa joue. Au bout d'un temps indéterminé, quelqu'un a frappé à la porte. Je l'ai entrebâillée, c'était Sam et son visage plein d'amour, j'ai ouvert en grand, soulagée. Elle a levé le pouce, comme le faisait Ricco dans mon autre vie, et dit que tout était bon, ce qui signifiait que James nous attendait pas loin avec un kayak. Il prendrait « le pollueur », et elle et moi, on rejoindrait la presqu'île à pied, d'accord ? « Oui », ai-je dit. J'avais pensé pagayer moi-même, mais c'est, là aussi, la preuve de mon irrationalité.

« Pourvu que ton couz ne se réveille pas dans le bateau, a dit Sam, en tapant ses bottes contre le chambranle de la porte, sinon ça va finir en film d'horreur. »

Ses cheveux courts avaient doublé de volume, ce qui signifiait qu'un coup de vent se préparait. Elle portait une salopette de pêcheur en ciré bleu et un pull tricoté, du même bleu. Elle s'est enfoncée dans la maison en apportant avec elle de l'air froid. Je l'ai vue, de dos, contempler Alexis. Elle a dit fort, en l'air, comme si elle s'adressait au plafond : « Il a pas une gueule de Breton. Il ressemble à l'acteur Benicio del Toro. C'est pas un éleveur de cochons, ça, si ? » Je n'ai pas répondu. J'avais parlé d'engrais à James, pas de cochons. Elle a sorti une patate de sa poche et l'a bouffée en tournant autour de mon ex, mais le salon était trop petit pour tant d'agitation et une vieille chaise, avec une assise en paille trouée au milieu, est tombée. En la ramassant, j'ai remercié le ciel que mes amis n'aient pas la télé. Sam reniflait les cheveux gris en vaguelettes d'Alexis. « Putain, un shampoing au miel. Les agriculteurs, c'est plus ce que c'était », a-t-elle dit avant de rire court comme on le fait à l'antenne.

J'ai calmement récupéré le verre aux contours poudrés sur la table basse. Mon cœur battait vite, je tenais dans la main une preuve d'empoisonnement, c'est donc que j'avais empoisonné. J'ai repoussé l'idée comme j'avais repoussé Alexis, un peu plus tôt. J'ai posé le verre dans le lavabo, comme si ranger était la chose normale à faire en toute circonstance, la priorité des êtres humains. Pendant ce temps, Sam pesait Alexis par les aisselles. « Oh ça va, c'est un format léger, s'il se réveille, James n'en fera qu'une bouchée, allez viens, faut y aller. » Un format léger, pour des Vikings, ai-je pensé. Je les ai rejoints dans le salon, j'ai enfilé la veste qu'Alexis avait laissée sur son sac, puis j'ai saisi ses mollets. « Allons-y », ai-je dit vaillamment.

On l'a soulevé et manœuvré comme des reines entre le meuble de couture et la vieille chaise remise debout. On a traversé l'entrée et passé la porte de la maison restée ouverte. Pour la refermer, j'ai posé les chevilles d'Alexis par terre et le contact entre sa peau et le gravier humide m'a paru, plus que tout, pouvoir le réveiller. Puis on a passé le portail en métal et j'ai découvert l'installation de Sam : une large planche de bois posée sur une brouette. Elle a ri, j'ai eu envie de la prendre dans mes bras. J'ai réalisé que la générosité, poussée à l'extrême, flirte avec la folie, et que les délires, lorsqu'ils sont partagés, ont une saveur délicieuse. Peut-être entendait-elle aussi la basse des White Stripes. Ou quelque chose d'équivalent. On a posé les pieds d'Alexis du côté des poignées et sa tête vers l'extérieur, Sam a soulevé la planche pour la maintenir à l'horizontale. J'ai saisi les poignées, elle maintenait la planche bien droite, j'ai démarré. On a pris la direction du rivage par un petit chemin boueux. Sam marchait vite, je m'adaptais. Nous étions courbées. Si nous avions porté des coiffes, on aurait pu nous prendre, de loin, pour deux vieilles Bretonnes ayant perpétré un meurtre sous acide.

Au loin, la lande verte, le ciel gris et la mer argentée. Le kayak à deux places rouge, remonté sur les rochers plats, ressortait comme une tache de sang sur un sol bétonné. En nous voyant arriver, James, assis à califourchon sur le bateau, s'est dégagé. Il était sombre, et nous avons arrêté de rire. Le volume de la basse a baissé dans ma tête. Il avait bourré la coque de couvertures, ce qui fait que Sam et moi avons pu lâcher Alexis dedans. J'ai replié ses jambes et discrètement pris son pouls avant que James ne le recouvre d'une bâche blanche. Il était vivant, tout allait bien. J'ai contenu une bouffée de tendresse. J'ai repensé à la douche glacée qu'on avait prise, chez lui, un matin, après l'émission, en écoutant « Summertime » (à la suite des glaces, des jeux d'eau, au summum de notre contre-programmation estivale en hiver).

Un peu à l'écart, James et Sam se disputaient à mi-voix. James voulait me laisser là avec le bateau et rentrer, il ne tenait pas à être mêlé à cette histoire. Le gars n'était pas assommé, mais à demi mort, murmurait-il, j'avais manifestement fait une bêtise. En haussant le ton, il a dit qu'ils allaient le regretter toute leur vie. Ils seraient envoyés en prison sur le continent et An-Avel grandirait orphelin. En face de lui, Samantha temporisait. J'étais de la famille. Le gars était bien vivant. Il saccageait la planète. Ce n'était pas un crime de le déposer dans une petite maison qu'on appelait ici le refuge. Et l'amitié se prouvait typiquement dans ces moments-là. Elle défendait l'indéfendable, avec de plus en plus de fermeté. Je la voyais serrer le poignet de James de plus en plus fort. J'ai fait semblant de ne pas comprendre ce qui se jouait et d'inspecter le kayak.

Quand j'ai réussi à capter le regard de Sam, je lui ai souri, elle m'a rendu mon sourire, puis elle a poussé James vers moi (et le bateau). Il s'est laissé faire. Tarées, murmurait-il. Tarées, tarées. Sam a compté jusqu'à trois, et elle et moi avons poussé le kayak à l'eau tandis que James a sauté à l'avant. Alexis avait ses pieds près des fesses de mon ami. Le bateau s'est éloigné sur une mer ondulée. À cause de sa casquette, je n'avais pas vu les yeux de James. Il ne m'a pas adressé la parole.

Sur le chemin de Kilaourou, c'était de l'adrénaline ou de l'inconscience, Sam posait des tonnes de questions. Et cela ne servait à rien de baisser la tête ou de répondre par monosyllabes, ai-je vite compris, elle continuerait. Elle m'a demandé quel âge avait Gaël, s'il était marié et comment il était enfant. Me raccrocher à la vie du vrai Gaël m'a permis de m'en sortir. Puis elle m'a fait la liste de ses propres cousins. Âge, profession. Il y en avait une dizaine, j'ai tenu bon sans rien dire. Quand nous sommes arrivées, essoufflées, sur l'îlot, le kayak était déjà au sec sur ce mélange de sable et de mousse propre à Kilaourou. La bâche, retirée. L'immense James fumait un joint, les cheveux au vent, en regardant la pointe du Raz.

Dans son kayak, Alexis dormait, pâle et citadin, calme, prêt pour une autopsie futuriste (car une fois que la mer aura tout recouvert, les médecins légistes exerceront sur l'eau, ai-je pensé). Penchée sur lui, Sam a dit que je n'avais pas lésiné sur la poissonnière ou alors que le gars manquait de sommeil. C'était bien vu : si on lui en donne l'occasion, un matinalier peut hiberner huit ans.

James s'est accroupi du côté de la tête d'Alexis. Il a tiré sur ses bras pour le charger sur son dos, Sam a compris qu'il fallait attraper ses jambes et ils ont avancé, pas déstabilisés une seconde par les gros rochers humides et les fougères rousses. Aussi habiles que des gens qui déplacent des corps à l'année, en CDI. Je portais les bottes de mon père tout à coup redevenues bien trop grandes. Je marchais derrière eux à petits pas prudents, me sentant gauche et étrangère. La mer gagnait du terrain en virevoltant. Mes amis ont laissé Alexis sur le banc en pierre couvert du mystérieux drap jaune. Quand ils ont posé sa tête, Alexis a poussé un grognement qui nous a tous immobilisés. Puis il s'est tourné sur le côté et il s'est mis à ronfler. Semblant d'un coup réaliser l'état du garçon et la gravité de ce qu'on venait de faire, Sam s'est précipitée dehors pour trouver de l'air. J'ai retiré la veste en laine de mon ex et je l'ai calée sous son menton. J'ai enlevé une algue sous son œil et James a prononcé ses premiers mots : « En Bretagne, on ne pose pas de questions alors je n'en pose pas. Sache juste que je t'aide parce qu'il y a un proverbe breton qui dit que mieux vaut se réveiller avec une gueule de bois qu'une tête de con. »

Après cette phrase, mon ami, dont le sens de l'humour semblait avoir été écrasé par un gang de menhirs, a disparu à son tour. Seule avec Alexis, j'ai allumé la bougie à moitié fondue avec le briquet neuf posé à côté. Des draps secs, un briquet Bic, mais toujours pas d'ermite à ce stade. Par l'ouverture carrée de la maison, j'ai vu le Gouelvan avec trois oiseaux sur la tête, mais ce n'était pas le moment d'être sentimentale. J'ai fouillé Alexis. J'ai pris son téléphone. Je lui ai laissé son cash, 500 euros. Cinq cents euros, n'importe quoi. Nous étions un dimanche en fin de journée. Si ça continuait comme ça, il n'y aurait personne cette semaine à l'antenne.

— On y va Léo ?

Les cheveux blonds et volants de Sam touchaient l'encadrement de la porte. James était reparti en bateau avant que le vent se lève, on rentrait ensemble, m'a-t-elle annoncé, et il ne fallait pas ralentir vu la vitesse à laquelle la mer montait. « C'est les gros coeff de marée », a-t-elle dit en regardant vers le phare, à l'autre bout de l'île. Le retour a été silencieux et pénible. Par endroits, l'eau nous arrivait jusqu'aux genoux. Il fallait fendre la mer, prendre un cours d'aquagym malgré nous. À notre arrivée à l'école de kayak, dans la petite maison que mes amis occupent à côté du bâtiment principal, James avait descendu une bouteille de cidre et lancé de la musique celtique. Le son de la cornemuse rebondissait sur les murs. Le salon sentait bon parce qu'An-Avel, qui n'avait jamais entendu parler de jeux vidéo, préparait un gratin dauphinois. L'enfant était assis sur un tabouret devant le four, les pieds enfouis dans la fourrure de son chien. Il lisait tout en surveillant l'évolution de la croûte, à la fin de chaque page.

Sam et moi avons retiré nos bottes et nos pantalons. Elle m'a prêté des chaussettes et un legging fuchsia avec des rayures jaunes, puis elle a séché les bottes de mon père au sèche-cheveux. Le bruit a dérangé An-Avel, qui m'a regardée durement. James m'évitait spatialement et oculairement. Sam m'a proposé de rester dîner. J'ai refusé, par gêne. J'ai dit, sur le ton de la blague, que j'allais me barricader chez moi au cas où mon cousin se sentirait de défier la mer. James a approuvé, sur un ton grave. « J'espère qu'il n'essaiera pas de rentrer à marée haute. Il pourrait y passer. Et s'il attend la marée basse, c'est toi qui risques gros. Ferme ta porte à clé et mets le verrou du haut. » Cela, sèchement. Sam a proposé que je dorme chez eux, mais tout le monde a ignoré cette offre.

Dans l'entrée de Ti Bihan, j'ai retiré les bottes de mon père en appuyant la pointe de l'une sur le talon de l'autre. En véritable acrobate, j'ai réussi à les enlever tout en lisant un SMS de Marcus. Les enfants demandaient à me voir en Facetime, je leur manquais, ça commençait à faire long. Le message était accompagné d'une image où on les voyait mimer la tristesse. C'est à cet instant, dans l'entrée, devant cette image, que j'ai réalisé que j'avais fait une énorme connerie. Seulement à cet instant, avec les chaussettes humides et le legging Flashdance de Sam, que j'ai compris que je ne m'en sortirais pas, que je venais de commettre une série de gestes graves, que la vie ne sait pas effacer. La musique de « Seven nation army » était introuvable, d'un coup le silence. J'avais fait absolument n'importe quoi, depuis le début. Alexis avait raison, j'aurais dû prendre des antidépresseurs, comme tout le monde, et je ne dis pas ça pour vous faire plaisir.

Surtout, je n'aurais pas dû frapper mon cousin avec une poissonnière. Quoi qu'on en pense, on ne donne pas des coups de casserole en toute impunité, vous êtes d'accord ? Ah non, pardon, je m'enferre dans mes mensonges (*rires*). Je n'aurais pas dû droguer Alexis. Enfin, vous voyez, on ne règle pas ses problèmes comme ça. Et on ne peut pas fuir un monde fermé, qui coule.

J'ai demandé à Marcus de faire patienter les enfants jusqu'au lendemain. Je ne suis pas en état, ai-je répondu par texto. Des petits points sont apparus sur l'écran avant de disparaître, signalant l'ébauche puis l'abandon d'une réponse. Marcus se fatiguait d'être compréhensif. Dans le salon, je me suis empressée de faire glisser le sac d'Alexis sous l'armoire, d'un coup de pied latéral. J'ai pensé au bonheur que j'aurais ressenti à le fouiller si je n'avais pas fait ce que j'avais fait, mais ce que j'avais fait m'interdisait toute autre action malveillante. Dans la cuisine, la brique de jus allongée par terre, au milieu d'une flaque orange, avait l'air d'un soldat mort. Je l'ai ramassée, jetée. Et là, devant la vieille poubelle en métal ondulé, j'ai pleuré une heure, des larmes de choc, des larmes bruyantes, j'ai convulsé, puis j'ai perdu l'équilibre. J'avais l'impression physique de sortir d'un rouleau de mer, qui m'aurait aspirée, secouée des heures, et de ne plus pouvoir raisonner mon corps pris de panique. J'ai avalé les deux anxiolytiques qui restaient dans la boîte. J'ai éteint le portable d'Alexis qui n'arrêtait pas de vibrer dans ma poche. Je me suis mise au lit tout habillée et je me suis endormie en me persuadant que mon ex ne saurait pas retrouver la maison.

10

Culpabilité

Je sais aujourd'hui qu'il s'est réveillé autour de 20 heures, au moment où je quittais l'école de kayak. Sa déposition à la gendarmerie d'Audierne est rangée dans un tiroir de ma chambre, ici. Je la sors quand les bruits du couloir m'empêchent de dormir et que je suis trop fatiguée pour lire un livre.

L'autre psy, votre prédécesseur au bras cassé, se l'était procurée par mon avocat. Motif thérapeutique, disait-il, il y tenait. Il voulait que je m'imprègne de la culpabilité de mon acte. Comme si j'étais une psychopathe. Je n'ai pas protesté sur le moment, pour ne pas nourrir son hypothèse clinique, mais je me suis plainte à la direction de l'hôpital. C'est inadmissible, ai-je écrit, qu'un thérapeute passe son temps à dire que vous n'avez pas de cœur, pas d'empathie. Au bout de plusieurs courriers laissés sans réponse, ils l'ont remplacé par vous, le roi du silence. Bon.

À la première lecture de la déposition d'Alexis, j'ai été hypnotisée par l'ermite. Qu'il existe, il n'y avait que ça qui comptait. Au bout de dix fois, j'ai mesuré ma folie et j'ai eu envie d'avoir agi autrement. Je l'ai lue jusqu'à la connaître par cœur. Je vous la récite avec sa voix à lui ou c'est bizarre de faire ça ?

Premièrement, j'ai entendu la régularité d'un souffle, une respiration, et j'ai senti mon crâne endolori. À travers mes cils, j'ai distingué un mur de pierre suintant, minier. Puis j'ai vu, à mes pieds, un type enroulé dans une couette sale. Il avait un visage mou et des filaments gris jaillissaient du haut de son crâne. Il regardait droit devant lui. J'étais dans une putain de décharge, avec un SDF, voilà ce que j'ai pensé. J'ai refermé les yeux. Trembler ne m'aidait pas à reconstituer le film de la journée. Mon dernier souvenir remontait au café du port avec Léonore de Karadec, la coprésentatrice de la matinale en pleine phase d'apitoiement sur elle-même. J'étais venu pour la convaincre de renoncer à son pathos stérile. À cause d'elle, AZ Productions tanguait. Elle avait réclamé dix jours de plus. Bien. Et puis, après… après, je ne sais plus.

Le sable mouillé me grattait les mollets, les aisselles et la nuque. J'avais mal à la tête. Impossible de me rappeler ce que j'avais fait après ce foutu café. Si j'avais bu de l'alcool, ce qui est possible pour quelqu'un comme moi. Dans ce cas, ma gueule de bois était vaste, inégalée. Au bout d'un moment, j'ai fini par réaliser que le type végétait. Son énergie était passive. J'ai ouvert les yeux en grand et je me suis adressé à lui en chuchotant : « Pardon, mais où suis-je ? » Sans me regarder, il a dit : « Tu es dans ma maison. » Ce premier contact, rugueux mais sans violence, m'a encouragé à me redresser.

Autour de moi, il y avait des draps, un jaune, un bleu, une bougie éteinte, pas d'arme. J'ai enfilé la veste posée sur moi. Que ça soit la mienne m'a soulagé. Bien que ça paraisse impossible, vu son état physique, j'ai demandé au type si c'était lui qui m'avait traîné ici. Il a gloussé. Des « Han » espacés et aigus, comme un âne. « Certainement pas », a-t-il fini par dire. Puis : « Qu'est-ce que tu crois ? Ta présence me gâche la vie. À minuit, tu dégages. » Pourquoi minuit ? ai-je demandé. L'eau, a-t-il dit, en formant un O avec les doigts. Cauchemar hallucinogène. Je n'ai plus rien dit. J'ai laissé mes fonctions cérébrales se réveiller une à une. J'étais assis dans une maison-grotte menacée par les flots, voilà la situation. L'immobilité me cryogénisait. Minuit, en l'absence de montre, demeure un concept abstrait, alors j'ai dit : « Merci pour l'hospitalité, mais je m'en vais. » Il a souri d'un air mauvais.

Dehors, la mer se dressait sans s'abattre. L'air me trempait les joues. Le sol était mobile. Le bruit, celui de mille machines ressassant des pièces métalliques. Je ne voyais pas au-delà des murs d'eau. J'étais enfermé. Je n'exagère pas. J'ai cherché mon téléphone portable, en pensant que Google Maps pourrait m'aider, mais il n'était nulle part. J'ai soupçonné le SDF de me l'avoir volé, mais le fait que mon argent n'ait pas bougé plaidait contre. Je suis retourné dans la grotte et j'ai mis une liasse de billets sous son nez. Contre de l'argent, pouvait-il me ramener à l'embarcadère de Sein ? C'était grossier, mais il fallait tenter quelque chose. Ce salopard a de nouveau souri. Si le fric l'intéressait, il ne serait pas ici, mais à Wall Street avec une veste comme la mienne… Il a ajouté que j'avais l'air plus con réveillé qu'endormi. « Kilaourou est devenu une île. Attends, c'est tout », a-t-il conclu. J'ai demandé si on était bien en Bretagne. Il a encore souri, mais pas méchamment cette fois-ci. Je me suis rassis à côté de lui, même si ça voulait dire endurer plus de dénigrement. J'ai réchauffé mes mains en les frottant contre mon jean. Ce geste mécanique m'aidait à stimuler ma mémoire.

J'ai reconstitué la journée à mi-voix en espérant que la suite naîtrait du début. L'hôtel sinistre à Douarnenez, la gerbe du bateau, le café poisseux, l'édredon blanc qui tenait lieu de ciel, la maison grise de Léonore, son salon étroit, le jus périmé, et puis quoi, elle s'était vengée ? Elle en était capable. Cette fille était une hystérique complète qui cherchait l'amour d'hommes incompétents en la matière. Un opéra italien en mouvement, une prêtresse conjugaliste. J'étais en plein dégagement sur Léonore et les présentatrices télé, narcissiquement bien pires que les actrices, quand le type a jeté une pierre contre le mur en hurlant : « Tais-toi, tu me casses le moral. » Cela m'a impressionné. J'ai sincèrement demandé pardon, ce qui ne m'était pas arrivé depuis longtemps. La misanthropie est une opinion que je respecte. Le choc m'avait rendu, c'est vrai, impudique.

De toute façon, je n'étais sûr de rien. Léonore pouvait tout aussi bien être en train de se noyer quelque part. Dans ce cas il y aurait des obsèques, on me regarderait de travers. Il faudrait trouver un prétexte pour ne pas y aller et j'ai commencé à y réfléchir pour faire passer le temps. Plus tard, alors que le silence polissait les murs de la maison, le type a dit : « C'est bon, tu peux partir. Suis la lumière du phare. Tu devrais y arriver. »

Dans les premiers mètres, j'ai glissé deux fois sur des monticules d'algues colonisés par des hordes de mouches. Une mouche est entrée dans mon œil. Je n'avais pas versé une larme depuis la mort de ma mère, et tout à coup, je ne pouvais plus m'arrêter. J'étais certain de mourir dans les égouts du monde avec des mouches sous les paupières. Je me suis remis debout, par réflexe de survie. J'étais encore loin des lumières des maisons. Des blocs de sable et de sel m'éclataient au visage à chaque pas. La parole à ma mort, ai-je dit à voix haute, en accélérant le pas.

J'avais horriblement froid et mal à la tête et j'ai dû nager quelques brasses pour rejoindre un autre îlot. Mes baskets et mon jean absorbaient des litres d'eau à 10 degrés. J'aurais préféré être nu. En montant un escalier vers une passerelle en béton, j'ai glissé sur une marche recouverte de déjections de la mer et je me suis rattrapé sur la main. Ma paume gauche s'est mise à pisser le sang. J'ai arrêté de pleurer.

Une fois sur le quai, j'ai constaté que ma main était trouée et que mon genou avait doublé de volume. J'avais l'impression que les maisons du quai étaient remplies d'eau. J'ai frappé en continu à la porte de la première. Quelqu'un a gueulé « j'arrive ». Le vieux serveur du bar du matin m'a ouvert en pyjama. Que foutait-il là ? Ce cauchemar n'en finissait pas. Je lui ai montré ma main, avec l'espoir qu'il n'ait joué aucun rôle actif dans cette conspiration. Il m'a fait signe d'entrer, il m'a laissé cinq minutes dans le salon et il est revenu avec un Nokia ancestral, qu'il m'a tendu.

J'ai composé le numéro de la police sur les grosses touches en plastique. J'ai dit que j'avais été drogué ou frappé. Mon appel a été transféré. Une fille au timbre d'adolescente lubrique a demandé où j'étais et s'il fallait m'envoyer un hélicoptère. J'ai décrit mes blessures à la main et au genou et dit que je voulais bien un hélicoptère, oui. Elle a toussé. La règle était qu'en l'absence d'urgence vitale ou chirurgicale on attendait le bateau du lendemain. Elle était désolée, elle allait raccrocher pour organiser d'autres transferts, prendre d'autres appels, plus urgents, passés depuis d'autres îles bretonnes. Ce qu'elle a fait. J'ai rappelé en ayant la chance de retomber sur elle. C'est une tentative de meurtre dont on parle, là, ai-je déclaré. Silence. J'ai dit qui j'étais. Aucune réaction.

Je lui ai ordonné de localiser mon téléphone. Le ou la cou-

pable devait le détenir. Elle a dit « ça, d'accord, c'est noté, on va le faire » et elle a raccroché. Tout s'embrouillait dans ma tête. Je me demandais s'il était possible que j'aie juste trop bu et fait une crise de somnambulisme m'ayant conduit sur cette terre reculée dans la mer. Je m'accablais. Je vous félicite, avec une police comme ça, les criminels dorment tranquilles.

Je suis resté debout, les bras ballants, comme une merde, devant le serveur au bonnet vert qui buvait un verre de lait chaud. J'ai levé les sourcils. C'était qui, ce mec ? Mamie Nova ? J'ai accepté à contrecœur qu'il me fasse un pansement. Son désinfectant, qui datait des années 90, ne piquait pas. Tout ceci allait mal finir. Il a déplié le canapé-lit du salon en disant : « Cette fille, je ne l'ai jamais sentie. Elle veut être aimée. » J'ai compris qu'il accusait Léonore, mais je ne pouvais pas supporter une conversation, après tout ça. Vous devriez l'appeler, peut-être qu'il sait quelque chose. « Puisqu'on en est aux confidences, j'aimerais bien du whisky », ai-je dit, pensant qu'un tenancier de bar devait bien avoir ça chez lui. Il a ouvert le meuble de la télé rempli de bouteilles, « sers-toi », puis il est retourné dans sa chambre qu'il a fermée à clé. Je n'avais pas mon Donormyl, j'ai cru devenir fou.

Le lendemain matin, des coups sur la porte m'ont réveillé. La pièce sentait l'alcool et les clopes que j'avais volées, toute la nuit, d'un vieux paquet de Camel humide échoué dans le meuble des bouteilles. Mon seul coup de chance depuis mon arrivée en Bretagne. Mon jean, qui avait séché sur le sol, était cartonné d'humidité. Je l'ai enfilé et je suis allé ouvrir. Un flic m'a tendu mon téléphone. On me rendait un organe. J'ai failli repleurer. Je n'avais pas rêvé, quelqu'un avait voulu me faire du mal. Un bateau m'attendait, a dit le flic, mais il transportait du monde et ne pourrait pas différer son départ de plus de dix minutes. Celui d'après partait trois heures plus tard. J'ai écrit MERCI sur le journal L'Équipe *qui traînait sur la table basse et j'ai foncé.*

Je n'ai pas pu courir à cause de mon genou, mais j'ai marché aussi vite que possible en faisant de grands signes avec ma main valide. Le bateau sifflait déjà, mais il m'a attendu. Je me suis souvenu du prénom du type dans le bateau, Briac. Une fois sur le continent, on m'a conduit ici, dans ces trois maisons beiges imbriquées qui vous servent de commissariat.

J'ai une question. J'avais posé un congé pour aujourd'hui, lundi. Mais pouvez-vous me dire si je serai à l'antenne demain ?

Je m'arrête sur cet insoutenable suspense de télévision pour vous montrer le contre-champ. Une heure avant que le flic ne réveille Alexis chez Briac, il était chez moi avec un camarade qui ressemblait presque autant à Gwen que le gars déprimé du QG. Ils sont entrés comme s'ils habitaient dans la maison de ma grand-mère depuis dix ans, comme s'ils étaient les héros d'une sitcom sur une colocation réussie. J'ai essayé d'instaurer une complicité avec celui qui ressemblait à Gwen, mais cela n'a pas marché. Lui et son collègue ont réclamé les affaires d'Alexis et m'ont dit de faire mon sac. Ils ont dit que j'avais le droit de me faire un café et d'appeler un avocat. Cette formule de série américaine m'a fait fondre en larmes. J'ai crié, j'ai renversé le fauteuil de ma grand-mère, j'ai disjoncté. Ma mémoire s'arrête là. Elle revient quand j'émerge à côté d'une fausse plante, en face d'un poste de télévision qui sonne creux, avec dans mon bras, une perfusion qui m'arrime enfin à quelque chose.

On était mardi et j'étais dans une chambre de transit de cette clinique, bien plus grande que celle que j'occupe aujourd'hui au troisième étage. À 7 heures, j'ai allumé la télévision. Deux illustres inconnus présentaient la matinale. Alexis était-il mort ? J'ai suffoqué en mangeant une tartine au beurre Président avec de la confiture d'abricot. Je n'ai pas osé poser la question aux infirmières. Toute la journée, j'ai dormi, somnolé, mangé, pleuré, lu et relu le règlement de l'hôpital. Le lendemain, mercredi, j'ai rallumé la télévision, la main tremblante. Derrière les micros jaunes de *Bonne journée !*, Alexis souriait à Yvonne. Sa main était plâtrée. Il n'était pas mort le moins du monde.

J'ai aussi appris ce jour-là que j'avais tout avoué, chez ma grand-mère. Mes actes n'ont pas été qualifiés de tentative de meurtre, mais d'empoisonnement et d'enlèvement. Ce qui est grave aussi. Pour le discernement au moment des faits reprochés, c'est vous qui voyez.

11

Convalescence

Comme vous le savez, l'affaire a fuité dans la presse, en juin. Je n'ai pas regardé les réseaux sociaux, mais au début, Marcus, qui venait me voir tous les jours dans la chambre de transit, enlevait à chaque fois son manteau en disant, mi-impressionné, mi-inquiet : « T'imagines pas la tempête médiatique. » Trois angles journalistiques étaient possibles pour raconter ce drame : la vengeance amoureuse (mais les éléments sur ma vie privée manquaient), l'éco-anxiété (mais la passion des menhirs n'est pas grand public) ou le burn-out. Malheureusement pour AZ Productions, le burn-out a été choisi. Les journalistes se sont allumés comme des lucioles du Japon. Une star de la matinale qui craque, c'est trop bon… Mais une star de la matinale qui empoisonne son coprésentateur venu la rebrancher à l'actualité, c'est inespéré. Trash et sociétal. Des médias de caniveau aux grandes chaînes, du pain bénit. Des programmateurs ont appelé le standard de la clinique, ils ont appelé mes parents, mon père leur a raccroché au nez, mais ils s'en sont foutus, ils l'ont rappelé huit fois et ça me paraît toujours incroyable qu'on puisse se foutre de la colère de mon père quand je tiens un graphique des inflexions de sa voix. Ils ont contacté mes cousins issus de germain et ceux issus issus de germain.

Le docteur Pierrick Charles, ayant la naïveté des gens qui n'ont pas la télévision, a mis trois jours à prendre des dispositions pour ne plus être harcelé en consultation. Une nuit, à 23 heures, il m'a transféré un SMS. Tiens, un message plus poli que d'habitude, m'a-t-il écrit, avant de copier-coller l'œuvre d'une certaine Margaux. Le pavé commençait par : *Pouvez-vous s'il vous plaît transmettre ce message à votre cousine ?* Puis retour à la ligne et,

Chère Léonore, chère consœur de la télévision, j'espère que vous allez mieux. Le bien-être au travail est l'une des priorités éditoriales de BFM TV et nous le savons, la prise de parole est progressive et doit être guidée par un cheminement personnel. Alors quand vous vous sentirez prête à parler, dites-le-moi ! D'ici là, je reste disponible afin d'échanger de vive voix, au 06 machin truc. Maligne, sa proposition de me laisser du temps, j'aurais fait pareil. L'une des priorités, quelle blague.

Quelques jours plus tard, lorsque Pierrick est venu me rendre visite, il m'a demandé des nouvelles de Margaux. Je l'ai ghostée, lui ai-je dit. Les médecins ont besoin de dormir, lui avait-il répondu. Il avait hésité à mettre un point d'exclamation à la fin du message, pour adoucir le ton, et puis finalement, non, c'était un encouragement à poursuivre la conversation, s'était-il dit. Les médecins ont besoin de dormir, point (la violence de cette ponctuation, quand on y pense, pour une fille de cette génération). Il avait ensuite extrêmement mal dormi. Il faut imaginer la nuit troublée d'un scientifique harcelé par les demandes superficielles de la télévision et dont les pieds dépassent largement du matelas.

Ce soir-là, j'avais moi aussi mal dormi, pensant : pour qui se prend cette fille, ce n'est pas mon rôle d'être interviewée, moi, j'interviewe. Et aussi : hors de question de remettre cinq balles dans la machine « en parlant ».

J'ai ignoré Margaux de BFM TV, mais j'ai découvert le surlendemain qu'elle avait su rebondir puisqu'elle avait mis la main sur Ricco et Paulette, mes deux compagnons du matin, mon chauffeur et ma pourvoyeuse de saucisson. J'aimerais savoir si elle a dû les manipuler pour les faire venir à l'antenne, si elle leur a dit des choses du genre : « Léonore a besoin de vous, elle risque gros, vous savez ! Il faut dire aux téléspectateurs à quel stress professionnel elle était soumise, c'est pour son bien… Alors à quelle heure on vous envoie un taxi avec une bouteille d'eau à l'intérieur ? » Ou si elle n'a pas eu besoin d'ouvrir sa boîte à ruses. « Oui, on arrive, pas de problème, donnez-nous l'heure et l'adresse ! »

Une fesse sur mon matelas, trop près de moi au prétexte de rapprocher son iPhone, Marcus m'a montré ce grand moment de télé. « Je l'ai copié sur le disque dur de mon ordinateur pour qu'on le conserve à jamais », a-t-il dit. Je me suis interrogée sur ce « on », d'autant que j'avais envie de poser ma tête sur son ventre, tout proche. Une fois la vidéo lancée, j'ai convenu qu'il avait correctement évalué sa valeur. C'était un spectacle insensé, à revoir tous les jours.

Sur le plateau rouge vif, Ricco, en costume de mafieux rouge sombre, confirme que j'avais l'air fatiguée, à l'arrière de sa voiture, les jours précédant ma fuite en Bretagne. « Même un peu agressive. » « C'est-à-dire ? » demande le bébé journaliste aux yeux transparents, qui a senti tout le potentiel de cette demi-critique. « Elle se moquait de mes filles », répond-il. Là, je connais Ricco, il a envie de parler d'elles et de leur combat écologique, mais le regard dur du présentateur l'en dissuade. Il doit parler de moi, c'est pour ça qu'il a été invité. Recadré, il dit qu'il est lui-même victime d'horaires décalés et qu'il connaît leurs impacts sur le corps humain. Yeux doux du journaliste, qui signifient : allez-y, ça, c'est bien, on vous écoute. « Cela ressemble à la sénilité, affirme Ricardo. Des trous de mémoire, des sautes d'humeur, des supplications du type "je veux dormir" alors que personne ne vous en empêche, mais aussi des problèmes de digestion. La constipation, les ballonnements et les hémorroïdes. » *Hémorroïdes.*

Oups, mot interdit à la télévision. Aussi grave que *décolonial.* Regard noir du journaliste aux yeux pourtant transparents. Impardonnable, Ricco, qui, pour se rattraper, enchaîne sur sa retraite imminente. Parce qu'il croit que ce récit est un baume universel, mythe que j'ai participé à construire en le priant d'en parler des heures. Ricco commente son prochain repos dans sa belle maison en Italie (Laura Pausini entre dans ma tête, je la fais sortir). Le journaliste n'arrive pas à le croire, ses yeux translucides se plissent de désapprobation, alors mon ami s'arrête, se ressaisit et dit : « Quand Léonore rentrait de vacances, elle était pimpante, mais deux jours après, son visage était marqué par le stress. » Sourire. Le journaliste est content.

Changement de caméra. À ses côtés, Paulette est inanimée. Une morte de l'institut médico-légal déposée là par erreur. On nous impose à nous, téléspectateurs, son visage relâché, oublié, trois secondes, soit une éternité. Puis, soudain, le déclic, elle s'est aperçue dans le retour plateau, elle a compris que c'était son tour de parler, redevient belle, vivante, sans âge, et démarre en trombe : « Ce que Ricco n'a pas dit, c'est que Léonore avait beaucoup grossi ces derniers mois. » « Salope », ai-je crié la première fois que j'ai vu l'extrait, et Marcus, près de moi, que j'ai consulté des yeux, a levé les siens au ciel, façon de dire que c'était faux, je n'avais pas grossi, ce qui n'était pas vrai non plus.

La suite est tout aussi formidable. Pour une fois du bon côté de la caméra, Paulette aux épaules toujours dénudées minaude et je dois dire qu'elle m'amuse. A-t-elle eu l'autorisation d'AZ Productions pour témoigner à la concurrence ? Je lui pardonne tout, même de me foutre dans la merde. « Peut-être l'a-t-elle consciemment drogué, mais elle n'a sûrement pas voulu le tuer », dit-elle, m'envoyant virtuellement derrière les barreaux.

Une minute plus tard, le présentateur considère qu'il a tiré le meilleur de ses invités et tente de faire atterrir la séquence, mais Paulette ne veut pas. Non, « écoute, mon prince », ordonne-t-elle, et il faut voir les yeux écarquillés d'un journaliste lorsque les secondes défilent en l'honneur d'une anecdote trop longue. C'est la panique. Il a en tête la masse de gens qui zappent, il peut évaluer le chiffre de la défection au millier près. C'est son don et son fardeau. Mais il ne peut pas être impoli pour autant, couper la parole d'une femme, cela ne se fait plus, d'une femme noire, ce n'est même pas la peine d'y penser. Alors Paulette raconte en détail son propre burn-out à son arrivée en France, débarquée de Saint-Louis du Sénégal à 20 ans, lorsqu'elle travaillait dans une boutique de parfums à Saint-Germain-des-Prés. Sa patronne lui pompait ses idées commerciales, mais ne la laissait pas approcher les clients, faisant d'elle la spin doctor immigrée d'une Française étriquée. « La sensation d'être utilisée, c'est ça le burn-out », dit Paulette avec une fermeté politique. « Merci Paulette, nous en prenons bonne note », répond automatiquement le journaliste aux yeux transparents qui n'a plus écouté après « Française étriquée », tellement ça l'a gêné vis-à-vis des téléspectateurs.

En alerte rouge sur l'audience et le « racisme anti-Blancs », il passe donc à côté de la seule phrase intelligente du jour.

Et lance un sujet sur le bac de français.

Comme les tempêtes physiques, les tempêtes des réseaux sociaux se calment vite. Après une semaine, quelques tweets de retardataires se balançaient en ligne comme trois feuilles mortes dans un parc. Deux semaines après, c'était fini. Un matin calme, j'ai reçu un colis dans lequel se trouvait un galet gris avec une tache blanche en forme de cœur. Le galet était posé sur une couche de coton. « Toi qui aimes les cailloux, disait la fiche Bristol qui l'accompagnait, tu peux caresser celui-ci, il ne demande que ça depuis son déménagement de Coney Island. »

Sacha m'invitait, quand tout serait fini, à venir me reposer dans un loft qu'on lui prêtait, derrière une horloge cassée de Brooklyn, avec une ouverture ronde sur le ciel. À l'intérieur, plein de tapis persans et d'objets d'art. Tant pis pour l'empreinte carbone. L'ancien moi et le nouveau moi allaient adorer, affirmait-elle, « surtout l'ancien ». Puis, dans un long post-scriptum, elle se félicitait que mon histoire ait mis le burn-out, l'impuissance, à la une des médias. Cela va aider les gens, car l'écologie de la planète passe par celle des individus, affirmait-elle. L'équilibre psychique des humains mettra fin au consumérisme, avait-elle écrit en capitales au-dessous d'un schéma incompréhensible.

Oui, pourquoi pas. Je ne sais pas. Vous êtes encore là, vous ? C'est à vous de dire pour le burn-out. Cette maladie est-elle inscrite dans le DSM ? Au moins, ce récit médiatique épargne James et Sam, qui sont eux aussi mis en examen et comparaîtront avec moi le moment venu. Ils n'encourent pas grand-chose parce que j'ai reconnu les avoir manipulés, mais ils ne répondent plus à mes appels.

Ce que je peux vous dire, moi, c'est que je vais mieux. Je ne déteste pas cette clinique ou cette maison de repos, je ne sais pas comment vous l'appelez. J'aime le vieux parquet du couloir, le bruit qu'il fait sous les chariots du XIXe siècle, et le dégradé de jaune qui m'entoure. Le sol moutarde, les murs et les rideaux citron vert et les draps jaune pastel, délavés. L'air pur de la forêt de Fontainebleau traverse les fenêtres fermées. Je n'ai pas détesté les cures de sommeil. Je pourrais dormir encore. Le Seroplex me gratte l'intérieur des mains, mais il me permet de regarder les choses à la bonne distance. Je ne pense plus à la mer totale. Je dors sans rêves.

Quand mes fils me rendent visite, on dessine, sur les conseils de leur propre psy, les rochers de l'île de Sein. Paisiblement, à partir des photos que j'ai prises là-bas. Ils aiment le Gouelvan autant que moi. Et je ne sais pas si j'ai raison de vous le dire, mais je suis rassurée depuis que m'est venue l'idée que son visage réapparaîtra au temps reculé du changement climatique, lorsque la chaleur sera telle que toute l'eau sera évaporée.

D'ici là, il attendra au fond de l'Atlantique.

Hier matin, Marcus est arrivé l'esprit de conquête en bandoulière. Il a sorti d'un tote bag géant un sac de chouquettes, un iPad rose, des brosses à dents neuves, une biographie d'Emmanuel Macron et deux peignoirs en soie. C'est toujours quelqu'un qui sait vivre, Marcus. En enlevant son manteau, il a dit : « J'ai une bonne nouvelle, l'affaire de Ka est derrière nous. » Il avait vérifié, plus personne n'en parlait sur Twitter. Il a pris mon visage entre les mains, il m'a traitée de Bretonne inspirée et il a dit que j'étais sans comparaison. Puis il a reculé et, debout sur le lino moutarde, les pieds écartés sur ce sol aromantique de centre aéré, il a mimé un micro avec son poing pour officiellement me demander de revenir chez nous après mon séjour à l'hospice.

On n'était pas obligés de dormir ensemble puisqu'il avait transformé son ancien bureau en chambre, avec un lit simple et des draps neufs. Mais on pouvait. Car notre lit depuis toujours, avec nos draps depuis toujours, m'était ouvert. Dans ce cas, il s'engageait à me servir de radeau gonflable en cas de crue nocturne. Il a touché sa bedaine pour suggérer le confort et la sécurité d'un ventre comme le sien. Mais ça, je le savais. J'ai dit que j'allais réfléchir en injectant le maximum de tendresse dans mes yeux. Les siens, verts et humides, avaient tout d'une prairie à l'aube. La vérité, c'est que je ne sais pas. Et que c'est dommage que vous ne soyez pas aussi là pour régler les dilemmes amoureux.

Cela fait un an que je l'ai quitté. Par quel miracle m'aimerait-il de nouveau ? Parce que je n'ai plus l'ambition d'interviewer le président de la République ? Parce que je ne me lèverai plus à 2 heures du matin ? Parce qu'il est sûr, cette fois, que c'est fini avec Alexis ? Peut-être. Et moi, l'aimerai-je à nouveau ? C'est vrai que j'ai changé. J'ai fait une croix sur la célébrité de pacotille. Je suis devenue sérieuse, je lis Marx et Freud. J'ai renoncé aux basses œuvres des audiences et de la passion. Je ne vois plus l'intérêt d'être gonflée à l'hélium et relâchée dans le vide comme un ballon mal noué, dans un vacarme, une débandade, quand on peut vivre une vie simple de caoutchouc au repos, sans déformation. Sans parts de marché, sans déchaînements hormonaux. Le bonheur est un état simple et permanent, qui n'a rien de vif en lui-même, a écrit Rousseau quelque part.

Le poids de Marcus sur moi me manque ainsi que l'effet de surprise que je crée en glissant mes mains entre nos abdomens. Je désapprouve toujours son consumérisme extrême, son côté convenu, mais j'ai toujours eu le droit de m'en moquer sans provoquer de cataclysme. Imiter, caricaturer, sauve. Le couple est une oppression volontaire qu'on ne peut pas vivre au premier degré. Il suffirait de recommencer à rire de nous ? C'est aussi à ses côtés que j'ai réussi professionnellement, ce qui est bon signe. Un amour sain permet ce jeu entre individualité et fusion qui fait qu'on s'éloigne pour conquérir et qu'on revient pour se recharger. Avec un bon compagnon, la courbe des salaires est ascendante.

De toute façon, Marcus est la seule présence adulte que je tolère ici. Je suis à un kilomètre à vol d'oiseau de la maison à colombages de mes parents, à Fontainebleau. Je leur parle au téléphone, mais je leur ai demandé de ne pas venir. Je ne peux pas supporter l'idée de les voir débarquer. La Mercedes sur le parking, *Le Figaro* acheté en bas et leurs visages déçus. Celui de mon père, qui ne supporte aucune forme de laisser-aller. Ses deux mètres s'agiteraient dans ma chambre, puis ils iraient parler aux médecins en privé. « Quand est-ce que ma fille redeviendra elle-même ? » Ma mère, qui cache ses propres dévastations sous des blousons en fourrure, même en été, me ferait des sourires figés. Elle aurait peur, en s'approchant de mon lit, de tomber dedans comme dans un puits.

Ma famille, c'est Marcus et les enfants. Et puis mon amie Vanessa rentre bientôt des États-Unis. Elle va vouloir retrouver son futon de Barbès.

Hier soir, j'ai eu un autre appel du pied de ma vie d'avant. Quand j'ai vu le surnom Ari s'afficher sur mon téléphone, j'ai pâli. Allait-il me menacer de pulvériser ma réputation pour avoir ruiné celle d'AZ ? J'ai décroché en inspirant. Et là, quelle surprise, il avait sa voix des grands jours. Remplie du soleil de Skorpios. Est-ce que j'écoutais bien ? Oui. Pas assez, pensait-il, « ákouse me, ákouse me ». Oui, oui. Il avait une proposition à me faire. Il voulait qu'on reparte de zéro et m'a proposé d'animer, à partir de septembre, une capsule vidéo consistant à fact-checker les déclarations du RN. Un produit quotidien à destination des réseaux sociaux. « Le RN est le premier parti des jeunes », a-t-il dit avec une gravité en carton.

Macron vient d'être réélu, mais les journalistes pensent que Marine Le Pen passera en 2027 et cette idée les inquiète autant qu'elle les excite. Une société qui bascule dans le fascisme, c'est intéressant à décrire. Cela redonnerait du sens à une profession ravagée par le numérique, noyautée par Google, menacée par l'IA, en voie d'extinction. La victoire du RN entraînerait la fin des aides à la presse, mais une remontée des audiences et ventes en kiosque. Ce paradoxe s'énonce dans un frisson. Il y a aussi dans cette profession une curiosité naturelle pour le chaos et les basculements historiques. Mais d'ici là, il faut faire genre on se bat comme des fous. Aristote m'a donc proposé d'incarner ce *RN Watch* sur TikTok, de devenir une « sentinelle démocratique » à peu de frais. Les épisodes seraient « tranquillement » tournés chez moi par le jeune Rémi (manière de dire : en respectant ton contrôle judiciaire, ton interdiction de te rendre au cube et d'entrer en contact avec Alexis).

Mon premier réflexe a été de penser : *quel immonde salopard de me proposer cette mission de stagiaire, de me faire dégringoler de la matinale la plus suivie de France à un obscur canal TikTok, de profiter de ma faiblesse pour m'humilier professionnellement et, par-dessus tout, d'exercer cette violence sous couvert de charité.* Cela ressemblait à une idée solutionniste, ces idées qui règlent le maximum de problèmes d'un patron en un seul coup. Aristote cherchait à redorer l'image d'AZ après une série de catastrophes où j'avais pris ma part. Il y avait eu le premier article du *Canard* sur mon burn-out. Puis, Irina, notre envoyée spéciale en Ukraine, avait été épinglée dans *Streetpress* pour avoir alimenté, lorsqu'elle était étudiante à Sciences Po, un compte Twitter pro-Poutine. Aristote l'avait virée avec un communiqué de trente mots dans lequel il affirmait qu'elle avait néanmoins couvert la guerre pour AZ avec un « professionnalisme exemplaire ».

Enfin, il y avait eu le roman noir mettant en scène deux héros de la matinale, moi, cramée par mon métier, frôlant l'homicide d'Alexis sur une île bretonne. Si ce n'était pas un vol d'emmerdes en escadrille, c'était quoi ? En me proposant cette capsule, Aristote passait pour un grand seigneur, un « prod » soucieux du bien-être de ses enployés, au fait des questions de santé mentale et de la cause des femmes. Il me verrouillait afin que je ne prenne pas la parole sur mon éviction de la matinale, la jeunesse d'Yvonne, la moyenne d'âge des femmes à la télé. Il n'aimerait pas non plus que je me mette à raconter le Nouvel An avec Luc Ballon. La vague MeToo n'a pas encore atteint le cinéma, mais ça pourrait venir. Il m'achète, en attendant le procès. Et moi, eh bien, je réfléchis.

C'est ce que je lui ai dit au téléphone, provoquant un silence crispé. « Si j'étais toi, je ne réfléchirais pas longtemps », a-t-il répondu avant de me raccrocher au nez. Heureux, Aristote est suave. Contrarié, tout se passe comme s'il y avait eu une erreur de livraison de testostérone en sa faveur. Je réfléchis, mais il faut bien travailler, le journalisme est mon seul talent, on m'a dit qu'un retour au travail pourrait amadouer les juges et alléger ma peine. Et puis, ce concept de *RN Watch* a été conçu par Rémi, mon jeune préféré de la rédaction puisque Sacha est partie. Après tout, peut-être qu'en 2027 la chaîne TikTok d'AZ Productions surpassera la matinale en audience.

[SILENCE]

À *Bonne journée !*, on m'a oubliée. Yvonne et Alexis forment un couple de stars. À ma demande, Marcus m'a envoyé une photo des nouvelles affiches de la matinale dans les couloirs de la station Montparnasse. Ils ne sont pas dos à dos comme nous l'étions, mais face à face, s'esclaffant la tête en arrière. Dans les interviews, ils disent que j'ai craqué, mais que le journalisme en temps de guerre est difficile, exigeant, et que ça aurait pu arriver à tout le monde et même à l'un d'entre eux. Alexis affirme qu'il me pardonne. Yvonne me souhaite un bon rétablissement. Puis ils s'envoient des rafales de bisous. Il est excellent ! Elle est excellente ! On se complète ! Quel bonheur de travailler ensemble !... J'ai appris hier par la bande qu'Alexis avait failli être amputé de la main, mais je n'y crois pas. S'il finit avec une prothèse, vous verrez, les téléspectateurs l'aduleront. Il ne pourra plus jamais être viré. En attendant, les chiffres Médiamétrie bénissent leur union, ils ne cessent de monter depuis l'arrivée d'Yvonne. Je l'accepte. J'étais plus fragile que j'en avais l'air, c'est tout. Elle mériterait d'être la fille de mon père, tiens.

Hier, j'ai allumé la télé et j'ai fait tomber mon verre d'eau par terre. Alexis s'était teint les cheveux en brun. « Putain, putain, putain », ai-je répété en essuyant le sol avec des chaussettes sales. Il faut croire en l'avenir pour faire ça, non ? Il faut avoir fini de détester tout le monde et de saccager les femmes ? Comme toujours, Yvonne était maigre, froide, altière, spectrale, ravissante. À ses côtés, Alexis semblait avoir atteint l'alpha et l'oméga du bonheur, en homme brun. Ils envisagent peut-être déjà de se marier à Sète. Serai-je invitée ? Si oui, quelle mine affecter ? Comment faire pour ne pas pleurer ?

Remise du choc, j'ai mieux regardé la main gauche d'Alexis. C'est vrai qu'elle est bizarre, inerte. Ce matin-là, les deux ont enrobé Élisabeth Borne de leur complicité au point que la ministre a dû aller se laver avec un savon anti-complicité après l'interview. Comme dans notre organisation légendaire, Yvonne monte au filet et Alexis joue en fond de court. Laurie portait un col roulé noir et ses cheveux étaient redevenus lisses. Comme si, avec mon départ, tout était esthétiquement rentré dans l'ordre. J'en ai rien à foutre. Ou alors pas encore. Mais bientôt. Le plus important, ce sont mes enfants. Quand ils sont avec moi, dans la chambre, je leur trouve bonne mine et je réalise que dehors, c'est déjà l'été.

Avec Loup, je parle des profs sadiques – dans son univers, tous les profs sont sadiques. Il n'aime que sa prof d'histoire, qui est hyperactive comme lui. Avec Merlin, on parle d'une fille de sa classe qui a une passion pour les bubble teas. On l'appelle Miss Bubble Tea. Je lui ai demandé si les boules de tapioca passaient dans son cou de petite fille comme les poissons dans le cou des cigognes, les voit-on circuler ? Il a réfléchi, a dit qu'il allait regarder, puis, dix minutes plus tard, il m'a annoncé avec ménagement, comme si cela allait me faire de la peine, qu'il ne regarderait pas, le tapioca le dégoûtait trop. Les matières molles, en général. Je m'en suis voulue de l'avoir oublié et j'ai passé ma main dans ses cheveux.

À propos de ce qui m'est arrivé, je ne sais pas quoi leur dire. Je me suis excusée pour l'absence et la mauvaise publicité. L'aîné a dit « t'inquiète, les articles, ton nom à la télé, tout ça, c'était la classe ». Il a même fait un rap avec une rime « matinale/cabale » et, en l'écoutant chanter son morceau, j'ai pensé qu'il était peut-être préférable d'avoir une mère qui pète un plomb sur une île bretonne qu'une mère qui fait du tam-tam sur TikTok.

Capsule ou non, nous n'arrêterons plus la montée du RN. À force d'être trop inégalitaire, le monde est tombé dans un vortex populiste, on n'y peut rien, c'est comme ça, je suis vieille et inutile. Alors demain je vais leur dire.

« Mes enfants, mes doux enfants, pardonnez-moi. Pardonnez les erreurs de ma vie d'avant, celle où je vous ai donné l'impression que faire des ronds de jambe devant Jean-François Copé était plus important que vous regarder. Pardonnez-moi l'île de Sein, puisque fuir consistait à vous abandonner. Pardonnez-moi d'être sur le point de devenir un clown sur un réseau social chinois. Je ne sais pas quoi faire pour que vous soyez fiers de moi.

« La vérité, c'est que vous avoir mis au monde n'était pas une erreur, mais un drame. Quand la puissance s'est enrayée, qu'elle a disparu, quand on passe des certitudes paternelles au désarroi maternel, quand on se fissure, qu'on redevient soi, sans lumière, sans hélium, sans micro, sans maquillage, sans vélo électrique, quand nos limites s'imposent, qu'elles deviennent nettes, évidentes, comme les bords d'une île ou d'un rocher, quand on craque et coule, quand on redevient une petite barque sur l'immensité et qu'on regarde devant et derrière soi, reste ce constat que la mer monte et que la mort avance.

« La seule chose que j'ai à proposer contre ça, ce sont des câlins. Mettre nos fronts l'un contre l'autre. Ton front dur d'aîné, ton front plus mou de cadet. Contre mon front en granit, à moi, on ne peut plus solide, la mère des fronts. Le grand mien contre les petits vôtres. Pendant le temps qu'il nous reste et jusqu'à la dernière minute. »

Les visages de l'île de Sein resteront au fond de l'eau quand nous attend la mémoire des particules. Et peut-être que c'est suffisant. Peut-être qu'on peut vivre avec cette idée. Si vous me laissez rentrer chez moi et que vous écrivez un rapport favorable, je vous promets, gentil psy ou son spectre, une douce résignation.

Je ferai des vidéos TikTok.

J'irai déjeuner au Select avec des hommes politiques.

Je travaillerai mes entretiens avec les élus RN.

Je retournerai dans l'appartement de Jules-Joffrin.

Je remettrai mes livres dans les bibliothèques rouges.

Je présenterai mes excuses à Alexis en lui souhaitant d'avoir deux mains et deux enfants.

Je présenterai mes excuses à Marcus et lui paierai des îles flottantes.

Je me lèverai à des heures normales.

Je serai sympa avec les stagiaires.

Je ne prendrai plus l'avion.

Je retournerai à la piscine.

Tous les matins, je ferai des œufs à la coque et des mouillettes aux enfants.

Je ferai semblant d'aimer Yvonne.

J'attendrai patiemment qu'elle soit aussi vieille que moi.

J'entrerai dans une passivité bienveillante. Une attente souriante.

Avec un chapeau de safari sur la tête.

Léonore se tait. Le psy pouffe et dit :

— Pon. Alors, maintenant nous allons beut-être bouvoir gommencer, oui ?

12

Transfert

— Commencer quoi ? Je suis désolée, je ne comprends pas...

— C'cst ma réplique de psychanalyste préférée.

— Un livre, un film ?

— Un livre ! *Portnoy et son complexe.* Vous l'avez lu ?

— Oh oui, mais il y a longtemps.

— Après avoir sagement écouté le monologue (280 pages) de son patient, le docteur Spielvogel, mon confrère, prononce cette phrase unique. Et c'est la fin du roman de Philip Roth. Quand mes patients parlent vraiment longtemps, je ne résiste pas à faire la blaguc.

— Mais quel rapport avec moi ? Portnoy, si je me souviens bien, c'est l'histoire d'un écrivain juif qui veut baiser la terre entière ?

— Vous ne voulez pas baiser la terre entière ?

— Non. Si ?

— ...

— Non.

— Le rapport avec Portnoy, c'est que vous êtes une bonne cliente. Capable de parler, d'associer, comme on dit, sans relances, pendant des heures. Les gens comme vous sont précieux pour notre profession. L'autre point commun, c'est qu'il nous reste du boulot.

— Je vous ai tout dit.

— Mais non... Vous vous êtes promenée. Quant à vos tirades de résignation, c'est de la belle rhétorique, mais j'en ai vu d'autres... Sérieusement, Léonore, je ne vais pas vous renvoyer chez vous avec un chapeau de safari sur la tête. On a *vraiment* du boulot. La sensation de se noyer ne donne pas le droit de noyer les autres.

— Je sais. J'aurais dû contrôler mon agressivité. Ou la sublimer au Jamel Comedy Club.

— Ou plus simplement la discipliner avec une thérapie et des médicaments.

— Vous aussi ! Décidément, les médicaments, c'était la bonne idée. Tout le monde me le disait et ça me rendait dingue. Pourtant, je devrais savoir, à mon âge, que quand tout le monde nous dit quelque chose, cela vaut plus que ce que l'on pense, soi, de soi. Avec des antidépresseurs, je ne serais pas devenue folle.

— Folle, tout de suite les grands mots ! Avant l'empoisonnement, je vous trouve parfaite. Hystérique et mélancolique. Ce sont des compliments. Lucide, aussi. La quarantaine est effectivement le point culminant d'une vie. Après on descend en altitude comme les visages de l'île de Sein. Votre mer totale est une défaite topographique, une jolie image pour dire la mort. La vieillesse est un naufrage et, bon, vous, vous l'avez vécu au sens littéral.

— La mer m'a engloutie et recrachée sur une île.

— Voilà.

— Voilà, vous trouvez ça normal ?

— Disons que, sans vous offenser, ce téléfilm ne ferait peut-être pas un record d'audience sur votre chaîne. Vous n'avez vécu qu'une crise de la quarantaine à poussées métaphoriques, peut-être augmentée par le fait que des millions de gens vous regardaient chaque jour.

— À une époque, cela aurait fait un bon statut Facebook : « En crise de la quarantaine à poussées métaphoriques. »

— Vous êtes d'humeur joyeuse pour quelqu'un qui redoute d'aller en prison.

— …

— Vous avez un fou rire, là ?

— Pardon, je m'imaginais appeler Aristote, pour lui dire : « Je ne peux pas présenter l'émission ce matin, j'ai des poussées métaphoriques. »

— …

— Pardon.

— Ce n'est pas grave. Appelez ça burn-out si vous voulez. Ou crise de sens. Vous avez souffert, c'est certain, mais on est loin de la psychose.

— Et après ? Avec Alexis ?

— Un passage à l'acte peut être vu comme un glissement de la pensée à l'action, on passe de la pensée d'une action à une action non pensée.

— Et cela constitue le crime ?

— Oui. Mais je crois que cela ne vous arrivera plus. Vous étiez dans un moment de grande vulnérabilité, Alexis le savait et il est venu vous chercher dans votre refuge, une île qui plus est, coupée de tous les axes routiers. Il a imposé un huis clos. Cela ne le rend pas responsable, mais c'est à prendre en considération.

— Vous ne pensez pas que je suis un monstre ?

— Non.

— Alors je n'irai pas en prison ?

— Ce n'est pas moi qui décide… Mais je vais plaider votre cause. J'écrirai dans mon rapport que votre discernement a été aboli par une crise de mélancolie aiguë lorsque vous avez drogué et transporté Alexis. Personne n'aura du mal à le croire, cette partie de votre récit ressemble à une comédie belge, avec Benoît Poelvoorde aux commandes du kayak. Vous avez vraiment perdu les pédales.

— Si vous me soutenez, je ne risque plus rien ?

— Les juges ne m'écoutent pas toujours.

— …

— Que feriez-vous en prison ?

— J'aurais honte, principalement. Honte vis-à-vis de Marcus, des enfants, de mes parents, d'Aristote, d'Alexis et d'Yvonne. Horriblement honte ! Honte d'avoir craqué alors que, comme me l'a souvent dit mon père, j'ai « tout pour être heureuse ». Après, j'imagine que ça pourrait être reposant d'être seule dans une cellule.

— Je ne suis pas certain que vous soyez assez VIP pour ça.

— Je fais partie des 50 personnalités préférées des Français, selon l'Ifop.

— Alors, oui. Vous n'en avez pas fini de vouloir être seule ?

— J'ai réalisé à Sein que j'avais des années de solitude

passionnée en retard… J'ai l'impression de manquer à la fois de solitude et d'amour, ce qui est paradoxal.

— Ou vous manquez de la forme d'amour qui vous permettrait d'assumer cette solitude. L'identification à cette île, quand même assez spéciale, m'évoque un défaut de soutien initial. Cette terre semble vous manquer post mortem, comme les bras d'un parent vous ont manqué avant même que vous n'ayez conscience d'exister. Vous désirez ardemment reposer sur quelqu'un ou quelque chose, vous redoutez l'abîme, le néant. Pardonnez-moi ces vulgarités lacaniennes, mais quand vous fantasmez une mer totale et regrettez l'île de Sein, j'entends un besoin d'être maternée. Qu'en pensez-vous ?

— …

— Vous pleurez maintenant ?

— Non.

— Si, vous pleurez. Séchez vos larmes, tenez.

— Merci. Pardon… J'ai oublié votre nom.

— Jacques Le Goulven.

— Comme le rocher ?

— Presque. Goulven, pas Gouelvan. *Goulven* signifie « lumière » en breton et je le porte bien, je suis d'un tempérament joyeux et sociable.

— Monsieur Lumière, alors. Enchantée. Mon nom à moi signifie « aimable ».

— Je sais, madame de Karadec. Et bien que vous le soyez, je ne vous confierais pas mes petits-enfants. Ou disons pas tout de suite.

— En attendant le procès, vous allez me laisser sortir d'ici ?

— Après quelques séances et à une condition.

— C'est déontologique de poser des conditions à ses patients ?

— C'est approuvé par la Société psychanalytique des gens qui vont de l'avant.

— Bien, alors j'écoute.

— La condition, c'est que vous refusiez les vidéos TikTok de votre ami Aristote, qui, je ne vous apprends rien, n'est pas votre ami.

— Pourquoi refuser un travail ?

— Parce que les petites décisions éthiques nous sortent des grandes crises.

— C'est un proverbe breton ?

— Non, c'est mon avis.

— …

— Allez Léonore, on en reste là pour aujourd'hui.

REMERCIEMENTS

Christine Beroff et Jacques Le Blevennec, Camille, Théo, Octave et Léon, Abigail, Agathe, Camille, Audrey et Barbara.

Composition : IGS-CP à L'Isle-d'Espagnac (16)
Achevé d'imprimer par Normandie Roto Impression s.a.s.
à Lonrai, en janvier 2025
Dépôt légal : janvier 2025
Numéro d'imprimeur : 2500054

ISBN : 978-2-07-310046-7 / Imprimé en France

648468